将经典融入生活

蔡　派

中国农业出版社

北　京

经 久 不 息

（自序）

习近平总书记指出，文化是一个国家、一个民族的灵魂。中国传统文化博大精深，学习和掌握其中的各种思想精华，对树立正确的世界观、人生观、价值观很有益处。坚持文化自信是更基础、更广泛、更深厚的自信，是更基本、更深沉、更持久的力量。

七年前，我在学习传统文化基础上，写过一本小书《两个世界》。这是一本关于我的世界观和方法论的书，在青年朋友中产生一些反响。在师长和青年朋友的鼓励下，我从 2017 年 1 月起，计划再写一本关于人生观的书。这想法由来已久，主要是觉得人生的幸福欢乐除了物质保障之外，更需要精神的力量，而且物质和精神是统一的、互相作用的。世界观、人生观、价值观是一个人的三根精神支柱。我们有了正确的"三观"，就有了适应自然、社会的勇气和力量。"三观"的认识、树立和深化，主要途径是学习、实践和反思。一边读书、一边思考，结合对工作、生活、社会、人生的感悟与体察，世界观将会更加清晰，人生观就会更加坚定，价值观就会更加明了。

人生观，说到底就是一个人究竟以怎样的态度和作为度过一生。我欣赏的人生观就是自强不息、顺其自然。自强不息体现于儒家思想，以仁为核心，刚健中正的纯粹精神。顺其自然寓于道家文化，要求做什么事情要遵循规律，按规律去实践。同时，还应具备释学的戒定慧，做到为人处事有原则、有底线、有舍弃，心定身正，慧由心生，看清看透看准，宽容包容兼容，从而达到圆满融通的境地。在这意义上讲，儒道释就是中国传统文化的根，就是中国人的精神家园。

在浩瀚的知识文化海洋中，一部部经典如同一条条川流不息的河流，在历史岁月的长河中，历久弥新。从经典中寻找力量，坚持文化自觉和文化自信，大力弘扬优秀传统文化，学习运用其思想精华，我们责无旁贷、任重道远。于是，我在业余时间，重读了《周易》《道德经》《论语》等传统经典，每天坚持读、思、写，如同每天需要吃饭睡觉一样。通常是早晨起来，拿出经典，认真阅读半小时，划出重点，理解明白，将经典中体会最深的主旨作为当日题目，学而时习之。下班回来，夜深人静，一盏灯、一杯茶、一支笔，我将当天最有意义的人、事、物和思想作为内容，将经典中的内容、警语作为素材，联系以往，结合实际，书写自己对人生的思考。

　　这样晨读夜写，所思所悟，风雨无阻，我陆陆续续地读了两年多书，共写了171篇小文，前89篇侧重于《易经》的学习思考，后82篇是关于《道德经》的研读体会。其中，有的篇目是写人，有的是写事，有的是写自己；有的是写过去，有的是写将来，有的是写当下；有的豪情万丈，有的心生欢喜，有的悲欣交集。点点滴滴，它们都是我发自内心的真实写照，是我生命中一个个的成长记忆，是我对人生的思索与感悟，汇聚起来，就是一种自强不息、顺其自然的人生观，如同一条静静流淌的小溪，期许滋润心灵、发现自我、热爱生活，期许给人信心、给人希望、给人力量。书中所提及的故事都来自于日常中的小事、琐事、趣事，我们平时日用而不察，如将读书与生活联系起来，就会发现生活的意义与不同，就会发现经典原来就在我们身边，人生道理就在粗茶淡饭之中，故本书取名为《将经典融入生活》。

　　文化兴国运兴，文化强民族强。在本书结集出版之际，喜逢新中国成立70周年。作为20世纪70年代出生的人，我们了解和经历了国家从百废待兴到改革开放、伟大复兴的光辉历程，切身体会国家富强、人民幸福的来之不易，为伟大祖国感到无比自豪！切身体会到以人民为中心、幸福是奋斗出来的深刻要义，更加坚定读书修身、立德树人、艰苦奋斗、奉献社会的自觉性！由于学识浅陋，恳请读者们指正。

蔡 派

2019 年 10 月 7 日　北京汉石桥书院

目　　录

荒 岛 黎 明

好几年前，读过王小波的诗《我在荒岛中迎接黎明》，深受感动，一直找机会到岛上看日出，体验诗中的意境。这想法得到老同学们的赞同，恰好今年是初中入校 30 周年，相约一起到岛上相聚，重温当年在电白一中寒窗苦读的情景，诉说纯真的少年情谊，迎接新年第一缕阳光，祝福美好的未来，很有意义。

于是，我们来到虎头山。这里原来是一个旅游区，后来茂港区与电白区合并，行政机关和办公机构转移，人气减少，略显荒凉，野草丛生，反而更显荒岛的原始本色。1992 年夏天，我高考落榜，情绪低落，独自一人来到虎头山，面朝大海，望天茫茫，望水也茫茫，在海边来来回回走，心情苦闷又彷徨，不知未来在哪里，天黑了在树林的长椅上睡了一夜。如今，重回故地，追古抚今，物是人非，又多了一分沧桑。

我们陪初中班主任刘玉娟老师在海边散步，说起当时班里的学习生活，校园轶闻囧事，点点滴滴，仿佛回到从前。我们在沙滩上边说边走，留下一串串脚印，好似北方的积雪，回头望去，如同走过的岁月。我们找了一根树枝，在海滩上写下"荒岛黎明，彩霞满天"，既是感恩，也是祈祷。感恩一路走来，帮助我们成长的亲人、老师、长辈、朋友们，祈祷我们的明天越来越好，祖国越来越强大，人民越来越幸福。

天色渐暗，我们搭起了帐篷，点起篝火，有说有笑，或酒或歌，每人说起初中三年难忘的人、事、物，历历在目。说到开心处，大家欢呼，捧腹大笑。回想起来，当时我们班确实是一个**学以聚之，问以辩之**的集体。这么多年，大家之所以没有走散，就是这个班坚守一种**刚健中正**的纯粹精神，**闲邪存其诚，善世而不伐，嘉会足以合礼，**始终真诚相待，坦诚相处，互帮互助，共同进步。大家怀念以前，说说当下，想想未来，交流十分痛快，不知不觉到了深夜，才陆陆续续睡去。

我到草地找不着空帐篷，便回到楼上找了一条长椅，小华班长拿来被子，和衣就睡了。世上的事有时就这么巧，多年前在虎头山睡长椅，这次又睡长椅，巧合还是缘分？有人说，少年时遇见的场景将在一生中重复出现，自己将信将疑。窗外涛声依旧，渔火点点，海风中飘着淡淡的咸味。夜深人静，不禁又想起当年落魄时的那一夜，那一张椅子。往事如烟，澄怀观己，务必自省自强，**终日乾乾，夕惕若**，心存敬畏，心怀感恩。

清晨，我们起来到海边看日出，抬头望天，东方既白，一会儿霞光把周围的云层映红，太阳出来了！新年的第一缕阳光，送来光明和温暖。辞旧迎新，我们迎来新的一天，新的一年。日落日出，白天黑夜，周而复始，循环不已。天如此，人亦如此。**天行健，君子以自强不息**。我们站在沙滩上，欣赏潮起潮落，卷起一堆堆浪花、冲出一道道沙痕的美景，感叹浪潮**知进退存亡，而不失其正**的坚毅。

黎明，寓示新的开始。新年，意味新的希望，新的奋斗。天若有情天亦老，人间正道是沧桑。进德修业，欲及时。

母　亲

　　元旦放假，我回老家探望母亲。母亲今年 77 岁了，总是盼望远方的孩子回来。工作之后，我与母亲天南地北，各在一方，很少有机会回家，每周末给母亲打电话报平安，母亲接到我电话心里才踏实，心情才愉快。如有机会回家，我一般是快到家时才给母亲打电话告知回来，如果提前说，母亲白天就会在家门口眺望等候，夜里一直想念睡不着。

　　到家时已是晌午，母亲十分高兴，在老屋杨桃树下聊家长里短，一边摘杨桃吃，一边说以前的家事，时光仿佛倒流到儿时。我小时候放学回家，第一件事就扑到母亲的怀里亲昵，有时母亲不在家，我就赶紧到邻居家寻找，如她外出砍柴去了，我就把她的衣服抱着，闻闻母亲的味道。

　　在我印象中，母亲勤俭持家，种地、浇菜、养猪、喂鸡，起早摸黑，终日劳作，很少歇着，偶尔抽几口水烟。现在这么大年纪了还经常到地里劳动，插秧、拔草、施肥，还在坡田上种了萝卜、青菜、黑豆。每次回家，都能吃到母亲种的粮菜和水果，味道好极了。我们都劝她，年龄大了别忙乎劳累。母亲说，劳动一辈子，手脚停不下来，农村人见到田园鸡狗就高兴，做田人踏上泥土就闻到香。

　　母亲淳朴善良。小时候我亲眼看见许多回，乞丐来讨饭，尽管家里不富裕，母亲仍拿出一筒米给他们。还听母亲说过，许久以前，村里孤寡老人和家庭困难的人家，老人百岁过世之后，无法入土安葬，父母就连夜帮助收拾安葬好逝者，焚香烧纸，祈祷逝者安息、天堂幸福。每到清明时节，当成亲人祭扫。这样的情况有十多例，一直坚持到现在。所以每到清明，我们家都要忙乎好几天。**积善之家必有余庆**，父母可能不懂这些道理，在他们的心里，济急帮困、乐于助人是天经地义的事。

母亲慈爱包容。她疼爱子女，极少打骂，更多是肯定、鼓励、引导和讲道理。她对亲戚和邻居友善，我从未见过或听过母亲同别人吵过架。如遇不开心事，她常是反躬自省。每次见到母亲，她总是一种安定、温和的神情，言语行动无时不流露出对他人的关爱。如果说父亲是我们头顶的一片天空，那么母亲就是我们脚下的一片土地。**地势坤，君子以厚德载物**。母亲的德性光辉，照耀我们六个兄弟姐妹自强自立，不畏艰难，矢志前行，长大成人。

母亲真诚待人、小心处事。母亲性格开朗，热情平易，在左邻右舍中有许多知心朋友，几十年来，相处融洽。村里人对母亲十分尊重，遇到婆媳吵架等家庭琐事，都请母亲去调解，母亲总是公心诚意，于情于理帮助解决好。我小时候去那行小学上学，要走2里山路，每次出门时，母亲反复叮嘱过公路要小心汽车。长大后，母亲还经常提醒，告诫奋斗路上，既要目标坚定，更要谨慎内敛，提防风险，懂得**履霜，坚冰至**的道理，做到**括囊，无咎无誉**。母亲的嘱咐提醒，就是对儿女的无私关爱。母亲小心处事但不怕事，**至柔而动也刚，至静而德方**，在大风大浪面前从不畏惧，在危急时刻从不害怕，在大是大非面前从不含糊。有一次，有小偷伺机到院子偷鸡，被勇敢的母亲喝退。母亲的刚强，给予我们无穷的信心和力量。

许久没回家了，我陪母亲到地里散步看看庄稼。**天地变化草木蕃**。放眼望去，原先那片很大的庄稼良田，由于村里人外出打工，自然放荒，杂草丛生，**其端甚微，而其势必盛**，反而郁郁葱葱。母亲说，这片草地水土肥沃，草长势好，现在成为放牛的好地方。早上，外地人用卡车拉牛过来放牧，黄昏时再将牛拉回家。不像我小时候放牛，行几里路还找不到草吃，天黑回家时，牛还吃不饱。饥饿年代，人苦，牛也苦。我看到蓝天下五头牛在悠悠吃草，七八只白鹤在啄草里的虫子，一只白鹤正在牛背上打盹，"牛背鸟"的和谐场面还是第一次见到，不禁想起我小时候在母亲后背睡觉的情景。而现在，面前的母亲已白发苍苍，当初母背上的小毛孩也步入中年，而我在母亲眼里，仍是一个小孩。真是岁月催人老，童心犹在，母爱长存。

母亲说，她被推选为山寮革命老区人民代表，前几天回姥姥家乡下坡村参加文化中心落成活动去了，见到许多多年未见的儿时伙伴，非常高兴，并约定下次活动再相会，还说这样的年代多好啊！天增岁月人增寿，春满乾坤福满门。衷心祝愿母亲健康长寿，幸福开心！

赶　路　人

元旦刚过，我赶回北京上班。

母亲依依不舍，送出路口，反复叮咛春节要回家过年，才挥手道别。我 5 岁上学，10 岁考上陈村中学寄宿离家，后来从红花小学考上电白一中，中考落榜后转到水东中学读高中，高考落榜回到电白一中复读一年，1993年 7 月考上华中农业大学，在武汉学习生活了 4 年。大学毕业后，考上中央国家机关公务员，到北京工作，至今不知不觉近 20 年，真是光阴似箭，岁月似流水。从南到北，如同众多北漂一族，这些年都在赶路，有阳光，也有风雨，有欢笑，也有悲伤，但始终没有停止脚步。夜深人静，走在路上，经常问自己：我从哪里来？我到哪里去？自觉从灵魂深处寻找力量，从头顶星空寻找光明，提醒自己不至于坠入迷途。

不忘初心。物有本末，事有始终，凡事必有初。初心，就是最原始、最本来、最纯粹、最真诚的那一刻念头。是什么？为了什么？方向在哪里？目标是什么？当初的想法，原始朴素的情怀就是一生奋斗的动力。**物初生而多艰难**，起事之初，往往艰难困苦，不如意十有八九，需要忍耐等待，咬紧牙关，坚定不移，渡过难关，如女人待嫁，**女子贞不字，十年乃字**。经过千辛万苦、顽强拼搏，终于学有小成，业有小就。这时如果忘了出发原点，骄傲自满，危险也就来了。只有不忘初心，才能战战兢兢，如履薄冰，做到胜不骄，败不馁，走好下段路。

不懈当下。人生如赶路，走过少年的梦想，青年的激情，总想歇一歇。有时一歇，一年一晃就过去了，十年不知不觉也过去了，似乎什么事都没干，空空如也，甚是惭愧。**君子以经纶**，人生漫漫，路还很长。必须不懈怠，勇猛精进，一步一个脚印，才能进步一点点。必须不贪心，有所放弃，做到**君子几，不如舍，往吝**，才能集中精神力量，突破瓶颈阻力，拨开云雾见青天。必须不自满，谦虚谨慎，**知己不足，以贵下贱，求贤自辅**，靠团队的智慧和力量，群策群力，从胜利走向新的胜利。

不惧未来。未来往往不可知，充满不确定性和风险，如同走夜路。要有信念，坚信黑夜将会过去，黎明一定会到来，用信念的灯塔指引方向，照亮前程。要有预见，估计可能出现的风险，加强调查研究，制订应对方案，将风险消灭在萌芽状态。要有准备，只有强大的物质基础和思想作风保障，才能具备足够应付风险的实力，而不至于条件不足、准备不到位而惊慌失措。要有意志，顺利时，挡得住诱惑，经得起风华，守得住底线，保持淡泊清醒；不顺时，不怨天尤人，反求诸己，自省自察，积蓄力量，等待时机，在绝望中寻找希望，在困顿中奋起。

人生漫漫，路在脚下。

启　蒙

　　人之初，性相近，习相远。父母是孩子的第一个启蒙老师，**蒙以养正，圣功也**。一个人，小时候受的启蒙教育，是一生做人做事的基础，三岁看大，就是这个道理。父母对我的成长影响很大，小时候他们教育我的话，至今仍清楚记得，犹在耳边。越是年岁大，越觉得父母当初说的话有道理。如今，我们身为父母，教育好儿女，养成良好的家风，是一份沉甸甸的责任。

　　学问就是学会问。好奇心是孩子的天性，我小时候总是缠着母亲问，最喜欢母亲出谜语来猜。受这种影响，自从我女儿出生会说话开始，我就让她问，不停地问，然后认真地回答她。上幼儿园开始，我要求女儿每天在学校问老师一个问题，回家问父母一个问题，什么问题都可以，所以女儿问了许许多多的问题，其中有一些奇怪好笑的问题。有一次，她半夜惊醒，问我说，地球是球形圆圆的，它会不会掉到太空里？太阳为什么每天从东边冒出来？等等。提出问题，就找到了答案的一半。**匪我求童蒙，童蒙求我**。女儿经常问我问题，自然她知道的越来越多，对外面的世界更加充满好奇和向往。我还同女儿玩"父女对话"的游戏，父女各拿一张纸一支笔，我问她答，她问我答，不一会儿就写满了一张纸，我们再一起阅读，其乐融融，笑声不已。在这一问一答之中，女儿描绘了童年的梦想，我对她进行品德教育和方法引导。孩子也是父母的老师，女儿的好奇和求知，让我感到知识恐慌，必须活到老、学到老。

教育孩子，重在教他养成良好的习惯。我跟女儿说，习惯成自然，有了好的习惯，学习生活才有效率和质量。首先，要养成好的时间习惯。要求女儿到什么时间就做什么事情，每天订出作息表，周末假期也有时间安排，自己动手，父母检查把关，一起商量好再执行，然后贴在墙上共同遵守。其次，要养成好的空间习惯。要求女儿把东西放在适当的地方，分类排序，不乱放，就如厨房碗筷存放一样，各得其所，所以女儿书包从小就是自己收拾，书房自己整理，衣服自己存放，很少出现东西找不到，丢三落四的情况。

发蒙，利用刑人。启发孩子，需要看得见、摸得着的典型，特别是直观、生动、有趣的典型，让孩子眼见为实才入脑入心。我带女儿经常去的有三个地方：一是书店。让她知道书是什么，书香味道是怎样的，她一去就坐半天，坐在地上看书不想回家，买了一些喜欢的书，如《西游记》等，渐渐对读书有了兴趣。二是运动场。带她去工体看球，教她学篮球、羽毛球、足球、乒乓球，培养她运动的兴趣，希望将来能有一副好身体。三是公园。女儿小时，我常带她去公园玩，除了坐过山车玩儿童乐园之外，更多是教她观察树木，欣赏风景，融入大自然，热爱大自然。女儿小时候说过，万物皆有生命，人有，小虫子有，树有，石头也有，让我印象深刻。

君子以果行育德，读万卷书，行万里路。游历对孩子成长十分重要，我们鼓励孩子积极参加学校组织的外出科技文化考察活动。女儿去过安阳、长白山、泰山、台湾等地，开阔了眼界，接触了社会，每次都有收获。有时我出差回来，也跟她说起一些见闻，尤其贫困地区的情况，灾区的境况，让她明白还有一个悲惨世界的存在，培养她的社会责任和担当意识。

孩子是父母的一面镜子，反过来家庭是孩子的一把尺子。家和万事兴。家庭教育、家庭氛围对孩子成长至关重要。上下顺，内外和，孩子才听话懂事。女儿小时候，我们每周开一次家庭会，轮流主持，让女儿参与决定家庭事务，让她自小就明白，每个人的家庭角色，既有权利又有义务。孩子在一种民主宽松的氛围成长，是阳光的、快乐的。通过父母的一言一行，家中一事一物，引导孩子树立正确的世界观、人生观和价值观，懂得什么是真善美，学会自爱自重，自力更生，自立自强。

孩子，是祖国的花朵，民族的未来。我们用爱的阳光、严的雨露，培养出未来最美的花朵，为社会造就栋梁之材。

忍　　耐

　　人在世上，面临社会环境、时代背景、自然环境、工作环境等客观条件的约束，也有在开创事业过程中遇到的种种困难，以及自身的德性修养、才干技能、知识阅历等主观因素的限制。遇到不好的形势和环境，必须学会忍耐。如同台风天气不要出海捕鱼的道理一样。一生之中，总会经历顺利时、不顺时。顺时，要力戒骄傲自满，趾高气扬将会危险多多。不顺时，要忍耐等待，自省自察，多学习、多积蓄，等候时机。

　　忍耐是一种理性判断。临事以敬，行动之前，要对客观环境开展调查研究，对外部形势进行分析，从而做出判断，决定行动或是等待。当客观环境不适宜，主观条件不具备时，轻举妄动、一意孤行必然带来风险和失败。

　　忍耐是一种智慧选择。**险在前也，刚健而不陷，其义不困穷。**忍耐不是放弃，而是保存自身实力、有生力量的明智选择。在强敌面前，在险恶形势下，避其锋芒，避实就虚，才能不陷入困境。相信时光流转，一切都在变化，一切都会好起来的。心胸放宽，眼光放远，当下的苦难犹如云烟。

　　忍耐是一种意志考验。**需于郊，利用恒。**忍一忍，耐一耐，有时需要一年，有时需要七八年，甚至十年、二十年，这需要有钢铁般的意志，平淡如水的恒心，才能苦尽甘来，春暖花开。时间是一剂良药，可以治病减痛。时间是一支清醒剂，在不被人注意的角落里，能够冷静地观察时局，在清静如许的日子里，找到自身的不足，自觉加强学习和心志磨炼，暗暗积蓄力量。同时，更加小心谨慎，反省**自我致寇**，做到**敬慎不败**，诚信、光明、公正地处理周围的人和事。天不负人，终有一天，时来运转，柳暗花明。

谋定而后动

君子以作事谋始。岁末年初，与毅斌、晓辉、钦阳、新甲、赵亮交流新年打算，感叹光阴荏苒，日月如梭，一年转眼就过去了，新的一年已到来。站在新的起点，迎接新的曙光，如何过好这一年，如何过好每一天，如何做好每一件事，这确实是需要考虑的几个问题。每临大事有静气，每逢大节有定力。面对每项具体工作，应做到：

有准备。**凡事豫则立，不豫则废。**根据目标任务，认真分析面临的形势、局势、时势，科学分析，准确判断。深入实际开展调查研究，了解实际情况，掌握第一手资料，找准问题症结，分析原因，分清事物的主要矛盾和矛盾的主要方面，综合主观客观因素条件，预见可能出现的情况，从而采取正确的策略方法，提前进行部署安排，争取在思想、组织、人力、物资上的主动。

有行动。一分部署九分落实。蓝图画定就要积极行动起来，全力投入实践。行动要快，形势千变万化，慢半拍就会影响全局，必须以迅雷不及掩耳之势，抢抓机遇，抢占先机。行动要到位，按计划安排，抓好各项工作落实，不挂空挡，不留死角，一件事一件事抓落实，一个人一个人抓责任，一个环节一个环节抓到底。行动要见实效，有结果才有意义，过程重要，结果更重要，要以结果为导向，以效果检验能力水平，做到不干则已，干就要干成。干一事，成一事；成一事，示范带动一大片。

有总结。总结才能进步。通过总结，进一步深化对事物的规律性、特殊性认识，做到对的坚持，错的改正，实现思维从感性到理性的飞跃。通过总结，将工作实践成果转化为人才成长、政策支持、组织保障、制度安排、机制建立、风气形成，为今后工作打下坚实基础。总结既要提炼经验，更要总结教训。在一定程度上，经验是发展问题、程度问题、多少问题，教训是存亡问题、有无问题、性质问题。教训刻骨铭心，痛定思痛，才能更加客观地认识社会、认识现实、认识自己，更加清醒地认识自身不足，自觉取长补短，努力学习提高。

组 织 起 来

　　干事创业，需要一帮志同道合的人，需要一个坚强有力的领导班子，需要一个科学高效的管理体系，将各种要素组织起来，如机器一样运转，才有力量，才能攻坚克难，不断进步。如何唤起民众，把人组织起来呢？

　　一靠理想。高举理想的旗帜，让大家知晓奋斗的意义、未来愿景、任务计划、实现路径、步骤办法等，让大家明白幸福是奋斗出来的，通过努力将得到怎样的收获、利益和权益保障。这样才能统一思想，将大家的智慧、力量凝聚起来，做到齐心协力、步调一致。

　　二靠纪律。**师出以律。**没有严格的纪律，没有严厉的约束机制，人再多仍然是一盘散沙。军令如山，用纪律规范行为，做到有令必行，有禁必止，人人遵守，一视同仁。靠纪律治军，才能治成铁军；靠纪律建设团队，团队才真正有战斗力。**能以众正，可以王矣。**

　　三靠干部。政治路线确定以后，干部就是决定因素。发现骨干、培养骨干、使用骨干，发挥骨干的领导指导和模范带头作用，以一率众，带领和管理好各自团队。坚持五湖四海、任人唯贤的原则发现、培养、选拔干部，坚持德才兼备、以德为先的标准使用干部，坚持小人勿用，通过德化感化，帮助其转化提高。积极创造机会平台，锻炼培养骨干，储备一批人才。坚持在实践中、基层一线、危难险重的环境中发现人才、锤炼干部，在重大关头、大是大非面前识别人。

四靠激励。调动人的积极性，既要纪律约束，又要鼓励激励，包括物质、精神等各方面的激励手段。满足人性的要求和每个人实现自我的愿望。激励要及时、有效、能兑现，使人人相信组织、依靠组织、为了组织，不辞辛苦，不遗余力。

五靠文化。文化是组织的灵魂。组织的效率体现在思想的统一上，体现在团队的核心价值观上。团队文化根植于团队的梦想、奋斗实践和大众的愿望，时时刻刻影响每个人的思想和行为，具有广泛性、持久性，是一种软实力。

事业兴衰成败，成功得失，关键在人。**地中有水，师；君子以容民畜众。**人民群众是力量的源泉，以人为本，以人民为中心，一切为了人民，一切依靠人民，我们的事业就无往而不胜。

公　信　力

天气清朗，我早上起来到顺义收拾办公室，整理文件，看到一年多来政府印发的文件大多数涉及民生事项。发文件是政府履职的方式之一，一份份文件就是对老百姓的一份份承诺。人民相信政府，就是政府全心全意为人民服务，为老百姓谋福祉，一切行政指向和落脚点都是为了人民群众的利益。老百姓对政府的支持拥护，产生政府的公信力。政府如此，一个单位、一个企业、一个家庭、一个人皆应如此，务必以诚信为本，重信用、讲诚信，积极构建起社会信用体系，提高社会治理能力和水平。

轻诺必寡信，一诺值千金。答应别人的事就要全力去做，尽心尽力办好，说到做到。到处许诺，事实上做不到，就会把个人的信用丢光了。信用一旦失去，找回来就难了。失信一回，守信一万回也补不回来。信用如水，浊了难清。

信用不是一朝一夕建立起来的，需要一件事一件事的叠加，需要一天又一天、一年又一年的积累，才能取信于民，取信于人。讲信用是人的宝贵品质。诚信之人值得交往，值得信赖，值得托付。不讲信用的人最终使朋友离去，只剩下孤独，自吞苦果。

有了良好的信用，才能在社会上安身立命，受到人们的尊重和朋友的尊敬，才会产生良好的声望和名誉，为做人做事奠定品质基础。美酒，随着岁月流逝，越加芳芬。**有孚盈缶，终来有它，吉。**信用如

我们要珍惜信用，敬畏信用，以信用支撑起道德的脊梁，以信用凝聚力量，以信用赢得未来。

团 工 委

池志雄同志来京，召集曾锐、潘昊、贤勇、斯迪和我，还有志华同志等人，一起商议筹备成立广东驻京团工委。一年前，志雄同志提议我担任团工委书记，负责筹备工作，我请辞多次未果，应组织信任，同几位优秀青年在业余时间积极推进团工委筹备事宜，将之作为一项青年公益事业。

前期，我们学习团中央有关文件，了解成立驻京团工委的规定和要求，开展调查研究，拜访询问福建、河南等地驻京团工委的筹备过程，走访广东在京青年，了解他们的学习工作情况，征求意见建议和参与意向，考察物色办公场所，初步制订筹备方案。2012 年夏天，我牵头筹备成立农业部青联，请韩长赋部长、余欣荣常务副部长、团中央汪鸿雁书记出席成立大会并讲话，过程中积累了一定经验，对成立广东驻京团工委是有信心的。

我们建议将团工委定位为人才库、资源库、志愿服务队，简称"两库一队"。在团结带领广东在京青年立足本职岗位建功立业、服务首都和全国发展的同时，团工委发挥桥梁纽带作用，服务广东在京机关、高校、企业等青年成长成才和创业创新。发挥平台载体作用，利用首都在政治、科技、文化、人才、国际交往等方面的高端资源优势，为广东经济社会发展贡献青春力量。发挥对接服务作用，立足广东各地政府、企业等在京发展需要，积极提供志愿服务。

团工委拟配备书记 1 名，副书记 5～7 名，委员若干名。委员兼顾各行业和各地区的优秀代表，且热爱青年工作和公益事业。组织机构拟设秘书处、联络部、活动部、宣传部。秘书处负责内部管理、制度建设、考核激励。联络部负责对外联系、发展青年、凝聚人才。活动部负责活动策划、活动组织、活动推进。宣传部负责各类宣传，营造氛围。机构正常运转之后，再逐步成立广东大学生成长促进会、北京广东青年企业家协会、京广青年文化交流研究会等 3 个社会组织，凝聚和服务好大学生、青年企业、专家艺术家三类主体。此外，成立一个专家顾问组，请一些老领导、专家给予指导，经常请教咨询。创立一支公益基金，资助来自农村或贫困家庭的大学生、中小学生上学，支持开展贫困地区发展产业扶贫和精准脱贫。

风行天上，小畜；君子以懿文德。成立团工委，深入社会实际，联系服务青年，促进青年成长成才，是一位老团干崇高的使命和责任。

风　险　意　识

风险无处不在，无时不在。事物以对立统一的形式而存在，风险始终蕴藏在事物发展过程之中，光明伴随黑暗，阳光过后可能是狂风暴雨。

我们观察事物，处理事情，必须树立强烈的风险意识，既要看到事物的正面，又要看到事物的反面和侧面，既要分析效益、收益，又要评估风险，善于从平常发现不寻常，从苗头看到趋势，从而做出科学的判断，采取正确的策略，防范化解风险，转危为机。

首先，要科学预见风险。充分估计风险的可能性和严重程度，风险来临的时间节点，以及可能发生的关键部位，从而采取针对性应对措施，制订应急预案，根据不同情形及时部署安排，将风险处置在萌芽状态，控制在最小范围之内。事先我们把风险估计严重些，危机时才能主动些。面对错综复杂的情况和千变万化的形势，务必小心谨慎，沉着冷静，积极应对，如同**履虎尾，愬愬，终吉**。

其次，要及时处置当下风险。人生路上不可能一帆风顺，不会处处阳光白雪，总会碰到许多困难，总会遇到许多突如其来的风险，总会面对不可想象的危急时刻。在风险面前，必须迎难而上，迅速行动，果断处理，用信心、勇气、智慧和意志去化解风险。始终相信有题必有解，经过斗争，一切风波终会过去。

最后，要善于总结经验教训。**视履考祥，其旋元吉。**经过一番风险，认真总结经验教训，深化认识风险演变规律，亡羊补牢，取长补短，努力提高应对风险的能力，切实做到吃一堑，长一智。

迎 难 而 上

无平不陂，无往不复。

　　人的一生，没有一帆风顺而不遇艰难险阻的，没有一路顺利不经挫折反复的，没有一件事轻轻松松就取得成功的。人世间一切幸福，都是靠勤奋的双手，奋斗拼搏出来的。小时候，父母教育我说，由鼻梁上流出汗得到的劳动果实，品尝起来才是甘甜的，讲的就是这个道理。事业越是宏大，遇到的艰险就会越多、越大、越难。

　　越是艰难困苦之时，越是经受考验之时，越是磨炼意志之时。困顿之中，可以更加清醒地认识自己，更加客观地认识环境。要反省，自觉查找自身不足、能力欠缺和经验不够，正确分析外部环境资源、条件、时机，找出面临困难的内外部因素，以及陷入困境的原因。要忍耐，欲速则不达，戒急用忍，坚守正道，咬紧牙关，坚定坚强，渡过难关。只要内心强大，自己不倒，谁也打不倒你。要学习，困难的时候，恰恰是读书的好时节，以书为伴，读经典，品人生，从书中汲取智慧和力量。要思考，直面现实问题，善于分析归纳总结，实现实践向理论的飞跃。伟大的思想常产生在艰苦之时，孔子写《春秋》，司马迁写《史记》，毛泽东写《论持久战》等。

　　要积极行动起来。通过主观的努力，从而改变客观的被动局面。相信事物是相对的而不是绝对的，困难是暂时而不是永远不变的。之所以难，就是我们前进道路上被问题堵住了。必须勇猛直前，遇山开路，逢水架桥。**天地交而万物通，上下交而其志同。**以置之死地而后生的英雄气概，调动一切资源力量，找准路径，在运动中寻找机会和突破口，顽强拼搏，一步一步地走出困境。

要讲究策略方法。处于困境，落于下风，力量弱小。必须注重调查研究，从实际出发，创新方式方法，将大困难分解成若干小困难，一点一点地突破，一个问题一个问题去解决，做到长远结合，内外有别，机动灵活，管用有效。**内阳而外阴，内健而外顺，内君子而外小人，**积小胜成大胜。

前途是光明的，道路是曲折的。山重水复疑无路，柳暗花明又一村。战胜困难，勇攀高峰，我们又迎来新的一天，新的天地，新的奋斗。蓦然回首，轻舟已过万重山。

环 境 与 发 展

发展离不开环境。无论事业发展，还是人的成长，都需要一个好的环境。好的环境才能促进好的发展，才能有利于人成长成才。一粒种子，掉在石头缝里，冒芽都困难，落在肥沃的土壤里，在阳光雨露下，可能长成参天大树。时势造英雄，人才是根本，环境是关键。无论身处何时何地，我们心里头都要有一个环境意识，自觉观察、分析、判断周围的环境，从而做出正确选择，趋利避害。

认清所处环境。环境包括自然环境、社会环境、生活环境、工作环境等。这是由历史、文化、体制、职能、职责、领导等多种因素互相作用而形成的生态系统，直接作用是人，间接表现是风气。认识分析面临的环境，才知道自己能干什么，不能干什么，将可能与可行结合起来，做到主客观的统一。

适应新环境。无论求学还是工作、创业，总是从一个环境到另一个环境。刚到一个新的环境，思想上要敬畏，内心要尊重，言行要谦虚谨慎，尽快了解熟悉新环境，适应融入新环境，被上下左右所接纳，转变角色，找准定位，逐步打开工作局面。

珍惜好的环境。遇上好的环境，是一生的幸运。用老百姓的话说，遇上好的领导，像买中彩票一样；遇上好的下属，像买对股票一样。要倍加珍惜，尽心尽力，竭尽全力，施展才华，做出一番事业。同时要看到，在信任的环境里，很容易放松警惕和翘尾巴，不知不觉埋下祸根。因此，务必戒骄戒躁，惧危如初，**有戒惧危亡之心，则便有苞桑系固之象。**

远离糟糕的环境。人，不可能时时行好运，一定会遇上不好的、恶劣的环境，如同旅行在外，遇上风雨交加的天气一样。要正确面对，安分守己，坚守正道，与世不争。**天地不交，否；君子以俭德辟难，不可荣以禄。**要积极应对，不消沉意志，不浪费光阴，坚信否极泰来，以壮士断腕的勇气，重新调整人生目标，收拾行囊，奔赴新的征程。

寻找适宜环境。在适合个人发展的环境里，才能好干事，干成事。天无绝人之路。宇宙之大，总有容身之处，总有一个适合个人发挥才干的地方。天生我材必有用。是金子，总会发光。只要有真才实学，总会被社会接纳、被时代欢迎、被领导赏识、被群众公认，总能做出一番业绩。一切都在变化，一切都在改变，一切都有可能。当你出发的时候，远方已有等候。**倾否，先否后喜。**不经历风雨，怎么见彩虹？

创造优良环境。领导是一个单位的核心，一位好领导就是一个好环境。作为一位领导，一条重要责任就是要千方百计建设良好的环境，使人尽其才，物尽其用，充分调动人的积极性、主动性和创造性，理顺协调好各种利益关系，公平、公正、公开地处理事情，形成团结奋斗、积极向上、宽容宽厚、生动活泼的局面。同时，建立健全相应的制度机制，依靠大家的力量巩固来之不易的好环境。

志 同 道 合

一个人的力量是有限的，众人的力量是强大的。一个好汉三个帮，一个篱笆三个桩。团结就是力量。

干事创业，需要一批志同道合之人。**同人于门，无咎。**小时候，母亲教育我，出门在外，要多与品行端正、有志气的优秀人交朋友，远离坏人、恶人，做到见贤思齐，见不贤而自省。我牢记母亲的话，从小到大，从求学到工作，有幸认识许多有思想、有作为的好朋友。大家相互学习帮助，共同进步提高，这是我生命中的宝贵财富。在我成功顺利时，彼此分享交流和直言提醒；在我困难挫折时，他们伸出温暖的双手；在我迷茫痛苦时，他们指引方向和给予力量，鞭策自己百折不挠，坚韧前行。

同心同德。心往一处想，劲往一处使。想到一块，才能坐在一起，干在一道。为了共同的理想追求，我们来自五湖四海，聚在一起，万众一心，攻坚克难。坚强的核心、团结的队伍、优良的作风是事业的根本保障。**文明以健，中正而应，君子正也。唯君子为能通天下之志。**在理想的旗帜之下，我们拥有共同的世界观、人生观和价值观，就能聚精会神，集中力量去实现人生的抱负和社会使命。

群策群力。由于彼此知识、经验、能力的差异，每个人总有各自的长处和一定的局限性。一个人不可能包打天下，做事需要依靠大家的力量，调动大家的积极性，发挥每个人的聪明才智，出主意，想办法，知人善用，人尽其才，众人拾柴火焰高。通过宣传群众，发动群众，组织群众，将组织的目标转变成大家自觉行动，将大家的力量凝聚起来，将丝丝的溪流汇成大江大河，形成排山倒海的气势和气量，不断开创事业新局面。

事 业 长 青

　　岁末年初，与文育、健雄、金虎、志辉、爱明、振能、家卫、长青、力明等同志请教交流产业转型升级、科技创新驱动、金融资本对接、企业发展壮大等问题。大家谈到在当前经济下行压力加大的背景下，挑战与机遇并存，创业艰辛，守业尤难，信心弥足珍贵。特别是经过艰苦创业，取得一点成绩，有了一些积累，站在新的起点阶段上，怎样正确认识当下，怎样面对未来，从而促进事业稳定、持续、健康发展，是面临的一个重大课题和选择。

　　牢记艰难。无交害，匪咎，艰则无咎。回忆创业岁月，记起当初的困难，想想九死一生的境地，就会多一分清醒。人往往好了病痛，容易忘了伤疤，得意忘形，这时危险也就来了。艰难是一笔财富，是一面镜子，使人不忘过去，不丢初心，不失根本，始终慎终追远，慎独如初，永远保持清醒的状态。

　　坚守正道。大车以载，积中不败。一切成绩来自顽强拼搏，靠奋斗成就未来；一切财富来自合法合规，靠勤劳致富。走正路，行大道，做人堂堂正正，做事光明磊落，抵制一切歪门邪道，投机取巧。远离来路不正的东西，远离心术不正的人。

　　为国利民。公用享于天子，小人弗克。君子与遏恶扬

善，顺天休命。创业的意义除了养家糊口、自我实现之外，更要有社会责任和使命担当，立德、立言、立功，力所能及地为国家、社会、老百姓做些事情，尽应有的责任。自己过得好，还要别人过得好，用自己的烛光点亮他人的灯光，照亮大多数人的前程，人生才有价值和意义。

力戒骄傲。满招损，谦受益。**匪其彭，无咎。**有点进步，有些成绩，就骄傲自满，头脑发热，思想膨胀，必败无疑。越是形势好，越要小心，越要低调内敛；越是顺利，面临的诱惑和选择就会越多，决策错误，交友不慎，挡不住风华，放纵欲望，放松自己，就即刻陷入危险的境地，万劫不复。在一定意义上说，一个人、一个单位、一项事业，往往不是在起步之时就失败的，而是在顺利时骄傲狂妄而惨败的，教训极为深刻。

诚信上下。**厥孚交如，威如，吉。**诚是专一，信是不假。诚信是个人、企业在社会安身立命的标签，是社会对其品德、信用的认可。"人而无信，不知其可也。"诚信如同生命，失去诚信，难以立足。诚信要求对人、对事、对己做到认真负责，诚心诚意，真诚实在，说话算数，不自欺，不欺人，不夸大，不缩小，不放空炮。对上诚信，要做到忠诚负责，毫无保留，是非清楚，一是一，二是二。既要全力以赴完成上级交办的任务，又要实事求是地反映情况问题，提出意见和建议。对下诚信，要以信任争取下级的支持拥护，承诺的事情就要兑现，不能做到的事情要说清楚，从而赢得大家的理解。将对上负责与对下负责统一起来，才能真正让上级放心和取信于民，事业才能不断发展壮大。

心存敬畏。**自天祐之，吉无不利。其德刚健而文明，应乎天而时行。**心中有梦，手中就有了力量。梦想激励我们努力奋斗，我们都是新时代的追梦人。在追梦过程中，我们要心存敬畏：敬畏天地，遵循自然规律，发展生态文明，做到天人合一；敬畏社会群众，遵循社会发展规律，尊重人民群众的主体地位作用，体察民情，集中民智，节约民力，为民服务；敬畏科学因果，遵循科学规律，发挥科学是第一生产力的作用，重视因果律，时刻警醒物极必反，乐极生悲。

向老部长学习

岁末，随同华中农业大学李忠云书记、邓秀新校长拜会老部长、老师长陈耀邦。陈部长年过八旬，身体健康，精神爽朗，神采奕奕。他与我们谈过去、讲当下、话未来，思路清晰，语重心长，言谈举止，无不展现淳淳长者、**谦谦君子**的领导风范。我大学毕业到北京工作，陈部长当时是我们农业部的首长。那时候电脑少、无网络，年轻人下班后大多数时间待在办公室看书，偶尔到办公楼周围散散步。我好几次看见陈部长下班后很晚才走出办公楼，手里拿着装满一大摞文件的公文包。后来由于工作关系，我多次当面请教陈部长，聆听指示教诲，每一次都深受教育和启发，切身感受到老部长的崇高品德和为民服务的家国情怀。

关注农业未来。陈部长说，民以食为天，粮安天下。我国人口多，粮食安全的弦丝毫不敢放松。历史上粮食生产大起大落的教训十分深刻，提高粮食综合生产能力是一项长期又艰巨的任务。吃饱穿暖是老百姓的基本需求。我国还是棉花生产大国，过去棉铃虫猖狂，棉花减产，棉农减收，后来推广抗虫棉，才将棉花生产稳定下来，可见品种改良是多么重要。随着经济发展，老百姓生活好了起来，不只是吃得饱，还要吃得好，吃得安全、放心、健康、美味。要防止重金属对土壤、水、空气的污染，改善提高农作物生长条件和环境，从源头上保障农产品质量安全。

心系农民群众。我剥了一个橘子给部长，部长接过品尝并询问近年来柑橘黄龙病发生、赣南脐橙发展、长江柑橘带果汁加工、柑橘市场行情和果农收入情况，邓秀新校长都做了详细具体的汇报。部长说，农业灾害频繁，农民种田辛苦，农民收入上去了，农业才有盼头。现在国家政策好，对农业支持大，对农民补贴多，农民十分感激党和政府。

了解农村实情。我们询问部长的生活工作情况，部长说，多年来工作生活保持以往的习惯方式，每周一次到单位阅读文件，学习党中央的大政方针和最近的"三农"动态。平时，有机会到地方看一看。他说，这么多年，已走过几百个县。部长跟我们说起一些县的情况，许多数字脱口而出，如数家珍，人名、地名十分熟悉，我们都叹服部长的记忆力。

关心青年成长。我担任农业部团委书记期间，组织开展过"请老部长讲团课活动"，陈部长对青年人的教诲十分深刻。他说，青年干部要钻研业务，努力成为本职岗位和全国行业领域的行家；要研究政策，国家机关通过制定政策，去推动工作指导行业发展，熟悉政策才能做好本职工作；要注重调查研究，多深入基层，多了解情况，多听取群众的意见，将地方好的经验转化为政策措施，对调研中发现的问题，应及时研究解决；要务实创新，做老实

人，讲老实话，办老实事，实实在在，同时又要开拓创
新，不断进步。

为人和蔼可亲。陈部长没有架子，既是一位德高望重
的领导，更像是一位温和厚重、可亲可敬的长者。他对待
大家一视同仁，热情随和，耐心倾听，有问必答。与大家
平等交流，心平气和，从容大度，脸带微笑，有时还拉起
家常，问起我们的父母亲身体和小孩学习情况，让我们备
感亲切，备受感动。

**天道下济而光明，地道卑而上行。天道亏盈而益谦，
地道变盈而流谦，鬼神害盈而福谦，人道恶盈而好谦。谦
尊而光，卑而不可逾：君子之终也。**古语今人，名副
其实。

老领导、老同志为国家社会做出重要贡献，是我们宝
贵的财富。尊老、爱老、敬老是中华民族优良的传统美
德。我们每家都有老人，我们也将成为老人，关爱他们就
是关爱自己。视人为己，待人如亲。衷心祝愿老部长和天
下老人晚年幸福，健康长寿！

乐

下午快下班时，单位来了急活，需要加班准备一个汇报材料，我一直弄到晚上 8 点才完成任务。回家路上，我在旁边小菜店买了一根甘蔗，边啃边走。完成任务的心情是愉快的，甘蔗吃起来感觉比平时甜了许多。能在北方的冬夜，吃到南方的甘蔗是一种久违的乐趣。小时候，母亲早上出门趁圩赶集，中午才回来，经常买上一根甘蔗。我们孩子们就在村头上等，老远见到母亲就跑上去，这时母亲就把甘蔗掰成一段一段，我是老幺牙嫩，母亲把甘蔗皮啃掉才给我，这种欢乐的情景一直在脑海里。长大后一直思考什么是快乐，快乐在哪里，怎样实现快乐的人生。

心生欢喜。**顺以动，豫。**自小以来，我总是以愉悦的心情对人、对己、对事、对物。大自然充满神奇，一叶一木、一山一水、一云一鸟，总感觉这般美好。人生百态，岁月如歌，日出而作，日落而息，粗茶淡饭，乐在其中。亲人好友久别重逢，新朋友萍水相逢，其乐融融。境由心生，你对生活给予微笑，生活就报你以微笑。心生欢喜，你就在欢喜之中。

独乐乐，众乐乐。首先自己要快乐起来，才会给周围带来快乐。快乐无处不在，随时，随地，随心，随意，快乐就在当下，快乐就在身边。家里养一只小猫，我们志趣相投，我一进门，小猫就在脚边打转，我用一根细线缠着一条小鱼干，拖在地上跑，小猫就在后面追，我把小鱼干拎起来，小猫跳到半空抓扑，跑累了，我坐在沙发上喘气，小猫躺在地上瞪眼，我只好把小鱼干扔给它，小猫舍不得吃，放在地上来回折腾，实在玩腻了，才将小鱼干吃掉。我与小猫玩得开心，家里很温馨，全家都开心。

助人为乐。帮人助人成就人，力所能及地帮助别人解决困难，帮助弱者、幼者、难者，没有目的，不求回报，将之当成社会责任和付出，让灵魂得到升华，让良心得到洗礼。记得有一次夜里 11 点多，我在北京三里屯遇见一位捡废纸箱的 70 多岁老奶奶，她捡了一大蛇皮袋纸盒，大约有 20 斤，她几乎拎不动，走一会儿歇一会儿，我上前问她家住哪里，然后帮她提回团结湖住处，我永远记得她送我出门时，黑夜里那双充满感激的眼睛。正是这条路，有许多捡废品的老人和流浪汉夜里无家可归，在地下通道里睡觉过夜。北方的冬夜，温差大，格外寒冷，我同夫人商量，好几回将家里的旧被子和棉衣收拾好，等到夜里他们睡觉后，将这些衣服放在他们身边然后悄悄离开。

苦中有乐。自己较笨，求学时，不管多么努力，成绩仍然时好时差，中考落榜没考上县重点高中，暑假待在家里，无事可做，经常坐在门口看夕阳，一直看到太阳落山，晚霞满天，星星出来。此时心情是苦闷的，星空是空旷明亮的。高考落榜后，更不知未来日子何去何从，常独自到海边散步，看潮起潮落，吹吹海风，心境是迷茫的，一旦看到眼前蔚蓝宽阔的大海心情又开阔起来。工作后，工作忙碌，前些年，一年要起草 10 份左右领导讲话和重要文稿，经常忙活到半夜才走路回家。北京夏天常下雨，走一路躲一路，一会儿鞋和裤子都湿透了，到家时不知先脱鞋还是先脱裤。北京冬天偶尔下雪，下雪天街上行人稀少，走一段就会留下一行脚印。深夜加班回家，脚印在月光下清晰可见，感觉自己像一只行走于沙漠的骆驼。头上微风吹过，树梢的积雪落下，飘入后背，冰凉冰凉的，猛然惊醒，顿时困意全无，感觉自己也像一朵雪花。

乐不可极。"欢乐极兮哀情多"。有一次老朋友聚会，大家兴高采烈谈天说地，一直扯到半夜才分头回去。自己回家路上，脑子里仍是欢乐的情景，不小心走路，撞到墙角，胳膊蹭掉一块皮，鲜血浸衣，灼辣作痛，才清醒过来，至今留下一块伤疤，算是老天的一个警告。每当洗澡时，转身望去，格外刺眼。

随　　时

天下随时。

时不我待。时光飞转，一天一转眼过去了，一年一晃也过去了。小时候，总盼望长大。长大后，却怀念儿时。时间是宝贵的资源，过去不重来，一寸光阴一寸金。惜时如金，才能在有限的生命里，多做一些事情，做成一些事情。浪费时间就是浪费生命，新年开始，立定目标，从每天做起，坚持不懈，日积月累，争取一年做成一件事。

时刻准备。机遇垂青于有准备之人。平时多学习，急时才不慌；平时多积累，用时才轻松。不打无准备之战，做好充分的准备，行动才有充分的把握。没有准备，临时临急，仓皇应战，仅靠运气，一定胜算不多。预见事物发展趋势，预计可能出现的情况，针对性地做好准备，就能胸有成竹，从容面对。

抓住时机。机遇稍纵即逝，一去不复返。错过一时，可能会错过一年甚至一世。要有时机意识，提前分析预见时机的到来，敏锐发现时机，准确识别时机，牢牢把握住时机。要耐心等待时机，不急不躁，坚持战略定力，坚信时机总会到来。要转化时机，开动脑筋，学会联系和结合，乐观自信，化不利为有利，化平常为不寻常，化被动为主动，将客观资源转化为机会条件。要善于创造时机，发挥主观能动性，主动出击，在运动中寻找机会，找到工作突破口和方向路径，从而不断发展壮大。

动静有时。一动一静谓之道。如白天黑夜，周而复始，循环不已。古人将一年时间划分二十四节气，农耕文明要求到什么时间做什么事情，日出而作，日落而息，春播、夏种、秋收、冬藏，不违天时劳动耕作，才能五谷丰登。静是动之能，动是静之用。该动时动，该静时静。节约、节制、节奏，事物发展运动才得以长久。自然宇宙如此，社会发展如此，人的日常生活也如此。休息好才能工作好，**君子昼则自强不息，及向昏晦，则入居于内，宴息以安其身，起居随时，适其宜也。**

治　乱　象

一个单位，还是一个地方，人才兴，事业则兴，风气好，发展就好。为官一任，造福一方。新官上任，首先面临的是发展和治理两大问题，治理好才能发展好，在一定意义上治理就是发展。**先甲三日，后甲三日。**前后考虑周全才能取得实效。

调查研究。**器久不用而虫生之，人久宴溺而疾生之，天下久安无为而弊生之。蛊之灾非一日之故也，必世而后见。**乱象并非一朝一夕所形成的，而是经过长期的积累和多种因素所导致的。通过深入调查，准确把握乱象的特点，以及乱象背后的原因和本质，了解乱象发展的历程阶段，找到乱象演变的轨迹，判断乱象当下所处的方位和发展趋势。在此基础上，采取针对性措施，反复上下征求意见，集中民智民力，科学制订可行方案。

树立新风。营造风清气正的环境，歪风邪气就没有立足之地。新风何来？一是领导要带头，以上率下，发挥示范表率作用。二是群众要支持，老百姓真心真情拥护，民风才淳化渐成。三是社会要诚信，如果不讲诚信、上欺下骗，人性恶的魔鬼就会走出道德牢笼，世风日下，破坏巨大，影响持久。四是制度要保障，法纪严明，扶正匡正，正大光明，使天道人心回到正确的轨道上来。

培育新民。**君子以振民育德。**要加强思想教育，形成正确的核心价值观。要创办学校，加强骨干培养，源源不断输出人才。要组织活动搭建平台，形成良好的文化氛围，使优秀人才脱颖而出。要严格管理，关心爱护与管理制约同步，确保不离心、不脱轨，保持忠诚担当的本质。要树立典型，广泛宣传榜样的先进事迹，让大家看得见、摸得着、学得到。

造福一方。事实最有说服力。做出实实在在被社会公认的业绩，办几项实实在在的惠民工程、民心工程、德政工程，推动一方社会经济发展，满足老百姓的生活生产需要，才能取信于民。蓝图实现了，才是宏图。蓝图落空了，就是"地图"。

有乱必有治，终则有始，天行也。一个旧世界结束了，一个新世界开始了，光明一定战胜黑暗。

教　思　无　穷

教书育人，是知识分子的责任和良心。

大学三年级，学校安排我担任 96 级果树班的新生班主任。第一次被人叫蔡老师，心里十分忐忑不安，觉得知识水平有限，难为人师，压力很大。我的任务是对新生进行思想教育、班级管理、班干部培养和班风建设。我一一找学生谈话谈心，了解他们的学习生活情况、家庭情况、父母的愿望、本人的打算，给大家介绍学校的情况，引导大家制订一个大学四年的发展规划。根据各人特长和志愿及一段时间的表现，选好班长、团支部书记和其他班干部。建立班干部碰头会、组织生活会、班会等相应制度，组织开展有特色的班集体活动，增进互相了解和班集体凝聚力。一手抓学习督促，发挥成绩好的学生的带头作用，一手抓文体活动，激发大家的个性潜能，促进每个人德智体美劳全面发展。每次开会，我尽可能让每个学生都发言，从而锻炼提高他们的表达能力和勇气胆识。坚持一个星期开一次班会，交流班里情况，提出学习工作要求。平时我有空就找班干部谈话，有时他们也找我，相处十分融洽。经过一年的共同努力，同学们进步很大，涌现出赵昆松、王革、张来新、洪柳、龙超安、王洪梅、杨瑰丽等一批优秀学生。我也从他们身上学习许多。

工作后，我担任农业部团委书记，筹建成立农业部青联，创办"三农青年"刊物，组织开展中央国家机关青年"百村调研"活动、"与院士面对面"活动、农业系统青年学习实践"三种精神"活动，引导广大青年向基层学习，向实践学习，向人民群众学习，增强青年干部对国情、社情、民情的了解，去掉浮躁之气，坚定为民之志。青年人有思想、有激情、有才华，大家一起活动、一起交流、一起成长，留下美好的回忆，结下深厚的友谊。实践出真知，总结知不足。我将平时工作中的感悟随时、随地、随手记下来，如怎样写文章，如何组织活动等，写成一本小书《两个世界》，目的是思考作为青年人，应树立正确的世界观，掌握科学的方法论。小书受到几位部长的肯定表扬，在中央国家机关青年中引起较好影响，也得到一个称号——"思想派"，实在受之有愧，感到自己阅历浅、见识少，许多思考是直觉和感性的，缺乏思想的深度和理论的高度。这些都是今后努力的方向。

近几年，参与国家创业创新文件起草工作，推动农业部、人力资源和社会保障部、团中央组织开展了全国农村青年创业富民行动，担任共青团中央第八届中国青年创业奖评委、第三届中国青年创新创业大赛评委导师，先后在安徽合肥、广东清远、湖北黄冈与全国青年创业者进行交流，介绍国家产业政策，分享创业典型经典，搭建科企对接、银企对接、校企对接等平台，为创业青年提供市场、技术、政策、融资、人才等方面信息和资源。在这过程中，认识许多优秀创业青年，他们的创业故事就是一本书，他们用自己的奋斗经历书写中国故事，为社会经济发展做出积极贡献，将青春的汗水洒在新时代的大地上，涌现出许多感人的创业事迹和优秀人物。从这些年国家政策走向、社会发展大势看，中国创业黄金时期已经到来，创业真好、时代真好、中国真好！一直有个愿望，为帮助引导更多青年人创业，打算写一本书《创业派》，推动创办一所创业学校，成立一个青年创业基金，联系一批创业导师，建立一批创业示范基地。

教思无穷。高朋同志说，人生如同踢足球，上半场自己要努力成为一名优秀人才，下半场努力培养更多优秀的人才。教人者，人恒教之。如有机会，还想当一回老师，尽心尽力，多培养一些人才，多造就一些英才。

观 天 地 人 心

今日是农历小年。年，意味着团聚团圆。亲朋好友坐在一起，说说笑笑，交流感情，增进了解，有益身心健康，有助家庭幸福，有利事业发展。家国情怀，这就是天地人心吧。

一年到头忙忙碌碌，许多朋友联系少，交流不多，但真正的朋友不因岁月而走远，始终心心相印。许久不见，仍是一见如故。应伟毅之约，与瑞宁、庆东、吴勇、杨军、一飞、冷扬等好友交流，当初我们曾经一起搞活动、下乡调研、写文件，互相学习，共同进步。这些青年人有抱负、有才干、有激情，我的许多工作想法都源于他们的启发，许多青年工作都靠他们的努力而出色完成。如今他们都在新的、更大的平台上发展，做出很好的成绩，我甚是高兴，衷心祝贺！

青年人成长，要学会一个"观"的本事。

观上。**大观在上，顺而巽，中正以观天下。**认真学习国家大政方针，观察领会政策的动向、走向，从而判断事态发展的方向。认识到事物不以孤立、静止而存在，人、事、物和言行举止的变化，其背后就是一种指向的力量。看到这点，才不会迷失方向，在大是大非面前保持清醒头脑，在苗头初显时能预见未来。

观下。**风行地上，观；先王以省方观民设教。**民风关乎政风，人心向背关乎事业兴衰成败。基层下面的反映，老百姓的看法、想法、议论，群众的所思、所盼、所求，侧面反映当下社会的风气，反映一个地方的治理水平。青年人应经常深入基层了解情况，体察民情、社情、人情，研究制定政策措施，让老百姓满意。为人民服务，才能得到人民的拥护。

观己。**观我生，进退。**时刻自省自察，静心、定心、问心，从内心深处看到真实的自己，听到初心。既要看到自己的长处，坚定信心，更要看到自己的不足，不断改进提高。面对事情，要扬长避短，做力所能及的事，走适合自己发展的路，才能由易及难，一步一个脚印地向前进。观己难，难就难在不能正视自身的缺点和不足，克己复礼，需要勇气和意志，坚持不懈地思过改过，才能不断进步。

观外。外面的世界很精彩，既要埋头做事，又要抬头看路。跳出井底，放眼看世界，深入了解现实，客观认识社会。多走一走，多看一看，多想一想，关注新生事物，看到社会潮流风口，看到世界发展大势，看到未来发展趋势。以更加宽广包容的胸襟、更加敏锐前瞻的战略眼光、更加预见超前的准备部署，做出正确的行动抉择。

纪 律 威 明

雷电，噬嗑；先王以明罚勅法。

一个人、一个单位、一项事业，没有一定的纪律规矩，什么事都干不成。邓小平同志说，干革命事业，一靠理想，二靠纪律，强调的就是这个道理。上大学时，我意识到国家社会的发展，将需要一大批法律专业人才。1995年暑假，我没有回家，在学校复习报考全国律师资格考试，买了一摞书，大概有10多本，遗憾没考上，差48分。1996年又考一次，差8分，还是没考上。尽管没有通过律师资格考试，但学习了法律知识，强化了法律意识，懂得法律是多么重要。心存敬畏，才能知所止、知所行、知所往。如同敬畏因果、敬畏自然一样，敬畏法纪是一个人安身立命的基础。加强纪律建设，才能为事业健康长远发展提供保障。纪律的重要性和特点是什么？

威。强调纪律的权威性，以国家、集体的意志为体现，务必威信、威严，务必遵守执行。规定适用主体和范围，规定做什么，不做什么，遵守了怎么办，违反了怎么办，针对不同程度做出相应的惩罚，采取合理科学的程序步骤去实施，将遵纪执行落到实处。采取剥夺权利、利益为处理手段，产生强大的震撼力。

明。就是要求纪律要明确和公平、公正、公开。明确，规定什么要清楚，不留死角、不留漏洞，一看就知道什么事情可以干，什么事情不能干，如果违反了就会受到什么样的处理等。公平，要求在纪律面前一视同仁、人人平等。公正，要求不偏、不歪、不斜，保护各方当事人的合理诉求和合法权益，实事求是，依照相应程序和条款正确做出决定。公开，要求提高社会的透明度，纪律在制定之前要征求意见，公布实施后要广而告之，让大家知之、学之、守之。

刚。纪律要有强制性。**雷所以动物，电所以照物，雷电震照则万物不能怀邪。故先王则之，明罚勅法，以示万物，欲万方一心也。**对待、处理纪律问题，必须严肃认真、及时有力、刚正不阿、干净彻底，该管要管，该惩要惩，不放松，不纵容，才能取到实效。如果软弱，将助长歪风邪气，失去纪律的严肃性和权威性。纪律一旦减弱失效，队伍就会松垮下来，战斗力将无从谈起。

济。纪律要体现匡正扶正、济世济民的思想。纪律主要是通过管事去管人，保护大多数人的权益，规定事业发展的方向，明确不能损害集体和单位利益的内容和范围，从而将事业引入正道。所以，制定纪律、适用纪律，必须出自公心，慎重严谨，于事有补，于人有救。

文明　文化　文章

由于工作机缘，我多次随同王军同志向张璐、萌新书记请教"文"，日积月累，引发一些思考。

文明以止。一部社会发展史，在一定程度上就是一部文明发展史。**刚柔交错，天文也；文明以止，人文也。观乎天文，以察时变；观乎人文，以化成天下**。社会保留了文明，就是人文。人类的进步，带来了文明的进步。文明的内涵：一是民族与国家。每个民族有其独特的民族特色，多姿多彩，是国家文明的组成部分，又统一于国家的整体文明之中。二是传统与现代。文明如同一条河流，古人创造灿烂的文明，体现当时的智慧和劳动水平。现代科技文化的进步，又推动文明向前发展。文明就是打开社会历史时差的一把钥匙。三是冲突与包容。文明的差异，可能互相吸引、学习交流，也可能产生冲突和排斥。有生命力、活力的文明是兼蓄包容的，一方面学习对方的先进文明成果，另一方面又可作为一种参照和比较，推动自身文明内部的创新和变革。从全球的视角看，世界文明是各国创造出来的，各个国家也应享有世界文明成果的权利。四是物质与精神。文明作为一种思想符号，需要物质载体，是有形的；同时又属于思想意识范畴，又是无形的。人类的社会实践，产生物质文明和精神文明，两者互为作用，互相转化。

文化的力量。第一，文化是社会存在的灵魂。每一次文化运动，就是一次思想觉醒。历史上西方的文艺复兴运动，中国的新文化运动，都产生了巨大的社会变革力量。从社会精英意识开始，到唤起民众，再到形成社会思潮，引发全方位、历史性、革命性的社会进步。第二，文化是一种价值追求。有什么样的文化，就有什么样的价值观，就有相应的真善美标准。以人民为中心的文化，贴近实际、贴近群众、贴近生活，根植于人民之中，就会受到人民的支持拥护。为了人民，造福人民，文化才能凝民心、聚民智、汇民力。第三，文化是精神家园。无论达官贵人还是平民百姓，文化都是生活中不可或缺的需求，是心灵的安栖地，是灵魂的归宿。我去过十几个国家，参观过一些博物馆和文化遗迹，深感当地社会和民众对文化的尊重和敬畏，古今中外，古往今来，皆莫能外。有一年春节，我在北京闭门看书，读到《读书》中"敦煌四则"，好似看到莫高窟沙漠孤灯，凄美的场景，心灵备受震撼。后来，有机会去了一趟敦煌，实地感受了风沙月夜、树高人稀、牙泉无声、佛影相随的孤寂，仰叹几个朝代文人志士在这里不懈辛劳建起来的文化丰碑，似乎有一种磁力使许多人向往这里，又让多少人在这里苦苦守候。

道德文章。古语论人生三不朽，立德、立言、立功。立言就是在实践之上，建思想之屋，造理论大厦，渡情感河流，登理性山峰。**言以足志，文以足言。不言，谁知其志？言之无文，行而不远。**可见，言与文相辅相成，言是文的要旨，文是言的载体。文以载道，道德文章的标准是什么？一是追求真理。写文章的过程就是调查研究、寻求真理的过程，揭示事物的本质和发展规律，打开未知领域之门，认识一个新的世界。二是找出真相。以问题为导向，通过考察、考究、考问，剥去历史尘埃和社会外衣，还原事物本来面目，发现客观事实，进行主观真实的联系和思考，文章才有意义。三是发自内心。文章是思想的流露，用心才能写好文章。这个心就是不违良心，诚心诚意，尽心尽力。经得起良心的拷问，文章才经得起历史、人民、实践的考验。文如其人，无本不立，无文不行。

落 魄 不 怕

人有悲欢离合，月有阴晴圆缺。**消息盈虚，天行也。**

一生之中，难免会遇到不顺心的人和事，难免会经历挫折和失败。在落魄的处境中，熬、挺、忍、耐、集、信、学、思、斗、争是十味良药，滋润心田，积蓄力量，渡过难关，走出困境。

落魄之际，切身感受人情世故的变化，进一步认识社会现实，认识到理想与现实的差距，认识到现实的残酷和人情冷暖，认识到世界并不随个人意志所转动。切肤之痛，更加清醒客观地认识自己，认识自己的不足和缺点，认识到自己的渺小，从内心深处将看似偶然的际遇转化为必然的认识，从而勇敢地面对现实，接受现实，检省自身，振作起来。

苦难是一笔财富。苦难相对幸福而存在，苦难迟早都要来的，有的早来，有的晚到。苦难中，学会了忍耐。今日的苦果，要么就是以前种下的恶因，要么是明天的福田。再大的痛苦，都必须坦然面对，勇敢承受。苦难中，懂得了命运。认识到命运不是一帆风顺，一波三折、颠沛流离才是命运的本来，从而不再偏见和固执，心态回到从容、淡定的状态。苦难中，教给了乐观。苦难不可避免，苦难还可转变。何必要忧愁呢？痛苦吧，快乐吧，日子还是一天一天地过去，我为何不选择快乐呢？

困顿之时正是读书之时。当失落失意，人少了，事少了，时间多了，心也静了，正是专心读书的时候。以前想看却没空闲看的书，突然有了时间。结合人生的阅历，带着眼前的痛楚，以前看不懂的书突然能看懂了。翻翻一张又一张的书纸，看看一行又一行的铅字，似乎在与一位长者、智者对话交流。找出以前看过的经典，再读一遍，突然又有了新的体会和感悟。一本接一本，读着读着，心里逐渐清朗明亮起来，眼前的路也宽广起来。坐在院子里，掩卷远眺，看云卷云舒，花落花开，突然发现生活就是一本书。

信念是心中的灯塔。只要内心坚强，天大的困难也压不倒你，坚定的信念就是我们战胜困难的力量。相信办法总比困难多，事情是相对而不是绝对的。有题必有解，再结实的铁板还有缝隙，矛盾是对立统一的，也是可以转化的。相信日子会好起来的，事物总是在发展变化，世上没一成不变的东西，三十年河东，三十年河西，客观条件变了，形势也就变了。随着岁月流逝，可能当时难上天的事也就不难了，可能当时的"坏事"就变成好事了。相信时间可以解决一切问题，如同阳光融化冰川；相信意志可以抚平一切创伤，如同太阳照亮大地、月亮温暖星空。

人生的低潮也是人生的起点，奋斗才有出路。从高处跌进人生的低谷，已没有退路和后路，不爬起来，就会葬身时空尘埃，成为历史过客。唯有不甘心、不气馁、不放弃，才有生的可能、活的希望、强的未来。相信跌倒的反作用力，重新爬起来，振作精神，卧薪尝胆，奋发图强，一步一个脚印地战胜困难，走出困境，这就是生命的弹力。要积极行动起来，主动进取才能改变被动局面，顽强拼搏才可能迎来新机遇。要团结一切可团结的力量，**上以厚下安宅**，调动一切可调动的资源，总结经验教训，更加小心谨慎地走好每一步，逐渐打开局面。要苦干实干，付出百倍的汗水，百倍的努力，坚定不移地朝着既定目标前进。要注重策略方法，科学判断形势，准确做出选择，**量时制变，随物而动**，牢牢抓住机遇，适时采取行动。

复　兴

反复其道，七日来复。

反复、重复、来复、复归是事物发展变化的一条规律，反复、对比、交换是认识事物的思想方法之一，向心力和回归力是推动事物发展的重要力量。

复兴是时代的话题。北京有一个地方叫复兴门，每当经过，都有一种强烈的责任感。我有机会现场聆听过厉以宁、林毅夫、陈雨露等专家学者的报告，加深了对复兴内涵的理解，深感复兴之路与每个人息息相关。

世界的潮流。我曾经去过英国、法国、西班牙等国家，这些国家历史上辉煌过，现在仍然有较强的国力基础。从电视、报纸等媒体渠道，以及社会考察中，当地老百姓无不希望重振昔日。政府实施的许多政策，指向就是复兴。

历史的呼唤。中国五千多年的历史，出现多次的盛世时期，创造灿烂的中华文明，为世界文明做出重要贡献。清朝后期，外受列强侵略，内遭腐败落后，导致国力衰退，处处挨打。如今历史翻开新的一页，迎来复兴的战略机遇期。

人民的意志。过上好日子，过上有尊严、体面的日子，是老百姓的共同愿望。国家兴旺，人民幸福。中国人民勤劳刻苦，用汗水和智慧去创造美好的未来。正因为这些品质，中国人过去能做得到的事情，将来也一定能做得到。

民族的尊严。祝福祖国强大，自豪祖国伟大，是所有中华儿女的共同心声。我在北京接待过来自 100 多个国家的杰出青年侨领并进行了深入交流，他们对国家取得的成绩由衷祝贺，表示祖国的需要就是大家的需要，有机会将回国创业，报效祖国。强大的祖国就是海外华人强有力的后盾，就是民族的尊严。

团结的力量。复兴是每位中华儿女的使命。伟大的民族复兴，从一个单位、一个家庭、一个人做起。我们万众一心，就能产生排山倒海的力量和气势，就能战胜、克服复兴路上的艰难险阻。高举爱国主义的旗帜，团结一心，以愚公移山的精神，就一定能一步一步地实现伟大的民族复兴。

走　正　道

马铁民先生是全国农村青年致富带头人，这些年他投身农业，坚守大地，种菜卖菜，识时守正，一步一个脚印地做实业，取得很好的社会信誉。与马先生交流品牌建设，我很有启发。由此想到，一个人无论做企业还是做其他行业，只要走正道，就能取信于人，做出成绩，做大事业。

要做遵纪守法的事，不做违纪违法、偷鸡摸狗、投机取巧的事。法纪是底线，是红线，是高压线，绝不可触摸逾越。偷鸡摸狗、投机取巧可能得逞一时，终究走不远。**匪正有眚**。来路不当、来路不明的东西都是炸弹和祸根，不可不慎，不可不戒。

要做国家社会关心的大事，不做高高挂起、一心关己的事。只有投身国家大事，个人的事业才有意义、有价值，才可能得到多方的支持和认同，才有机会做成大事业。只有树立强烈的社会责任感，个人的事才能变成大家的事，才能在社会立足，站稳脚跟。

要做对人民百姓有益的事，不做损人利己的事。做事，首先要想到别人，然后再想自己。以心换心，对别人有益有帮助，才能换得别人的尊重和支持。从内心深处真实为了别人、真诚关心别人、真正帮助别人，为老百姓做点好事、实事，就会心安气正。

要做有意义的事，不做无聊的事。一个人时间精力有限，资源条件不多，必须集中力量去做有意义的事。一个时期只有一个重点，一个时间只做一件事情，专心致志，一心一意，方见成效。所以，临事之际，首先要思考事本来的意义，挖掘其中的含义，赋予"有意义"的内涵。这样，做事才有意思、趣味和动力。

要做光明正大的事，不做违背道德良心的事。做人光明磊落，做事堂堂正正，真是真、假是假，一是一、二是二，不违心，不骗人，实事求是，真心诚心，我们就会心底无私天地宽，内心欢喜，外在光明。做了违心事、不道德的事、见不了人的事，良心就会受谴责，茶不思、饭不进、睡不着，何苦呢？何必呢？

要做当下紧要的事，不做错失时机的事。要分清轻重缓急，急事急办，要事要办。有时错过小事，就会变成大事，错过一时就会错过一世。紧要的事就是大事，立即办、马上办，办好、办实、办成，切不可拖拉推诿。漫不经心，粗心大意，必将铸成大错。

要做未来趋势的事，不做杀鸡取卵的事。未雨绸缪，看到趋势、看到未来，及早准备、提前动手，投入时间、投入精力，将会取得意想不到的效果，就会站在行业发展的前头，领先于潮流，而不是日过时迁再跟风追尾。同时，又不可急于求成，急功近利，图一时之快，图一事之利，贪图小利，做一些得不偿失，付出巨大代价的事。

要做坚持不懈的事，不做半途而废的事。一件事，决心要做，就要做到底，不见结果不收手，不见成效不放弃。多易必多难，事情非一朝一夕就能办好、办成，需要有长期艰苦奋斗的准备，需要有坚韧不拔的精神，需要有顽强拼搏的斗志，下苦功夫，苦下功夫，下十年的功夫，方见成效。如果没有恒心，三天打鱼两天晒网，见异思迁，三心二意，到头来，什么事都成不了。

要做社会有需求、人类有需要的事，不做主观臆断的事。企业生产产品和提供服务，首先要讲有无市场需求；老师教学生，首先要了解学生的学习需要和特点，从而因材施教；政府制订公共政策，首先要听取社会反映、群众意见、企业诉求、专家评估，从而依法科学决策；等等。我们想事做事，要从客观需求、需要出发，所做的事才有针对性、实效性，从而形成供需一致的循环。而不是主观主义，一厢情愿，一意孤行，千里走单骑，不知华容道。

要做有可能且可行的事，不做没有一点儿把握的事。面对事情，做还是不做，做什么，怎么做，要进行可能性和可行性分析，认真分析内外环境关系，有利、不利、效益和风险在哪里，从而准确判断，下定决心，制订科学的方案，付以行动实施。这样，成功的把握才会大一些。如果想当然，头脑发热，不做调查研究，心里无底、一味盲干，到头来失败的概率就会很大。

要做积极健康的事，不做低级趣味的事。一张一弛谓之道，有工作，有休息，有忙碌，有休闲。玩要玩出品位、品质，玩有益身心健康的事，如运动、体育、音乐、旅行、健身、艺术、郊游等。远离低俗、低媚、慵懒、负能量、阴抑的人和事，让灵魂受到洗礼，人格得到升华。

牛　劲

　　黄进清先生建立"中国梦·牛精神"微信群，人数达到 500 人，深表祝贺！近年来，黄先生大力弘扬中国梦和牛精神，在全国创建一批中国牛庄文化创意园区基地，用牛的精神做牛的事业，提供丰富多彩的文创产品和服务，满足人民群众的精神需求，引起良好的社会反响。

　　我小时候放过牛，自小对牛有真挚的情感。后来读过鲁迅先生的"横眉冷对千夫指，俯首甘为孺子牛"诗句，以及现代老黄牛、垦荒牛的故事，加深对牛优秀品德的理解。工作下乡，在农村见到牛，就兴奋起来，也想起自己小时候放牛的情景。牛，**大畜，刚健笃实，辉光日新其德**，给予我们许多力量和启示。

　　坚定不移。牛无论耕田还是犁地，目的地一旦确定，从不回头。我们选择了伟大的事业，就要坚定信念，毫不动摇地走下去。顺利时，抵挡住诱惑，不起念，不动心，不动情，不走神；不顺时，保持内心的定力，不甘心，不动摇，不放弃。

　　坚持不懈。牛日复一日，年复一年，总是勤勤恳恳，不知疲倦地劳作。世上的事，从来没有一朝一夕就能成功的，从来没有轻轻松松就获得的，必须付出艰辛的努力，持久用力，久久用功，方有所成。人生如同一场马拉松，需要体力、耐力、毅力，一步一个脚印，一段一段地走，坚持到底，才能实现目标。

坚强不屈。牛无论早出晚归，刮风下雨，始终任劳任怨、忍辱负重、勇挑重担、完成任务。干事创业，从来没有一帆风顺的。面对问题，要迎难而上，敢于直面问题，勇于迎接挑战。困难险阻如同一块石头，你不搬，它不走，一直挡在路上。必须下力气，想办法搬走它，打碎它，消灭它。内心坚强，再大的困难也压不垮。战胜困难，就是战胜自己。

做人做事要像牛一样，要有一股子劲，这股子劲来于自身的德性。**君子以多识前言往行，以畜其德。**德性增进靠学习，靠实践，靠修养。**人之蕴畜，由学而大，在多闻前古圣贤之言与行，考迹以观其用，察言以求其心，识而得之，以畜成其德。**德厚，劲足，事业大。

除　夕

今天是除夕，单位放假了，街上清静，一派祥和喜庆景象。今年我们在北京过年，以往我是除夕、初一在京，然后再回广东看望母亲，在老家住几天再回来，如同一只候鸟。

岳父亲自下厨，从上午忙到下午，做了一大桌饭菜，丰盛美味。**观颐，自求口实。**平常人家，从年头忙到年尾，到了过年，歇上一天，与亲人团圆团聚，品味一年的辛劳，其乐融融。

小时候，最盼望过年，从腊月就开始计算到年的日子。过新年，父母给我们买新衣服，给压岁钱，还可以放鞭炮，贴门对联，串门走亲戚，去集圩上行街看舞狮子，参加各种农村特色的游戏，玩得不亦乐乎，大人很少管我们，远方的父亲、兄长都回来，一起坐下来说说话，问长问短，甚是高兴。

如今，我们都已长大，父母已老，我们身为父母。感恩一路走来，从南到北，亲人、老师、朋友的帮助、支持和鼓励。有过顺利进步，也有过失意落寞，这都成为美好的回忆。自己来到这个世界，走过半生，已学会接受和面对，一切苦乐，皆是财富，一切风雨，皆是风景，一切顺逆，皆成过往，始终做到心平、心静、心安。经常自问的是，我是否做到止于至善，待人以诚，出自良心真心？临事以敬，切实尽心尽力？

逝去不重来，活在当下，更要倍加珍惜当下，做好当下，让当下有意义、有价值。不虚度光阴，珍惜每一天，珍惜每一时。动静有时，有忙有闲。忙要忙出效果效率，闲要闲出身体健康、心情愉快，保持充沛的体力和精力。

除夕，意味着一年过去，新的一年开始。辞旧迎新，零时鞭炮响起，我在心底默默祝福，祈福天下苍生，在新的一年喜乐平安，幸福美好！

君子以慎言语，节饮食。面对眼前的丰餐，当思来之不易，不忘饥饿的日子。在新的一年，始终勤勉奋进，谨慎小心，坚定清醒。

决　　心

　　清晨，迎着朝阳，我在潭柘寺看到一棵白皮松，树龄430年，如今仍然直立云霄，树叶茂盛，坚挺生长，在寒风中展现一种**君子以独立不惧**的生命风骨，体现一种向上生长、向下扎根的决心。

　　坚定做什么。人的一生该怎样度过？一年该怎样度过？一天该怎样度过？树立人生的大目标，认清今生的使命和归宿，人生才有方向。有了人生方向，生命就有了信仰，内心就会坚定起来，奋斗就有了力量。人生的目标，就是心中的灯塔，如同远方的呼唤，时常将灵魂唤醒，让自己丝毫不敢懈怠，永远奔跑在路上。

　　坚决不做什么。选择意味放弃。坚决不做什么，比坚定做什么更难、更苦、更累。这是与欲望的斗争，与自我的纠结。坚决不做什么，是对生命的承诺，对道德的保证，对事物缺憾的认同。从戒开始，以自律达到自觉，苦修实现顿悟。坚决不做什么，需要从一念起始，一生坚持，干净彻底无牵挂。

　　坚强战胜一切困难。决心越大，困难越多；目标越高，路途越远。没有困难就没有进步。在通往梦想的路上，就是一个又一个困难的路标，也就是一个又一个的加油站。闯过困难，就接近目标一步。日子五光十色，生活甜酸苦辣。困难的反面就是幸福,克服一个困难等于我们找到一个幸福。要相信,办法总比困难多一个。困难再大,也大不过天,困难再多,也多不过地。有信心就有办法。用信心、智慧、勇气和意志战胜前进路上的一切困难。

坎 坎 前 行

习坎，有孚。维心亨，行有尚。

人的一生，不可能一帆风顺，反而是不如意十有八九。几多风雨，几多坎坷，几多忧愁。当夜深人静，客旅他乡，想一想走过的路，跌跌撞撞，心中无比感慨。庆幸一路走过来了，回想当初，有的事很难，困难重重，可没有退路，只能往前冲，逢山开路，遇水架桥，顽强地面对一切，勇敢地克服困难，走出困境，迎来光明。

经受挫折、失败，才能正确认识自己，认清现实。学会敬畏，在大自然的面前，在复杂的社会里，人是渺小的，个人的能力是有限的。但是，我们虚心学习，不怕困难，总结教训，积累经验，自身能力是可以提高的。懂得总结，吃一堑，长一智，在事实面前，在实践过程中，检验哪些想法和办法是正确的，哪些是不对的，在今后的日子里，做到对的坚持，错的改正。跌倒不怕，怕的是跌碎了心。跌倒爬起来，这就是生命的弹力，再遇到困难，也就不怕了。

坎坷是人生的财富，失败是成功之母。经历世事，丰富了阅历，人生更加厚重。想起往事，事事如味，芳香甘甜。世上的幸福是靠双手奋斗得来的，没有一件事是轻轻松松就能成功的。一生之中，将会遇到无数困难，如同西天取经，修成正果，需战胜路上无数的妖魔鬼怪。有时困难如滔天大浪，扑面而来，汹涌而至，立住了，顶住了，挺住了，也就过去了。

坎坎前行，越挫越勇。在黑暗中寻找光明，在风雨中拥抱彩虹。

依　　靠

日月丽乎天，百谷草木丽乎土。

日月依靠天际悬明于宇宙，草木依靠大地茁壮成长。人也如此，在成长奋斗过程中，需有人引路，需有所依靠，路才能越走越宽，越走越远。

依靠大人。所谓大人，就是我们的父母、老师、前辈、兄长、领导等，我们甘当小孩、小学生，以赤子之忠诚，虚心请教学习，勇于实践锻炼，自觉改正提高。大人们给予我们方向，教予方法，在挫折时给予信心和鼓励，在顺利时及时提醒和鞭策，在困难时给予温暖和帮助，在迷惑时给予指点和教诲，引导我们始终走在正道上。他们就是我们生命中的贵人，我们要倍加珍惜，一生敬重。

依靠众人。干事创业，既需要贵人引导、指教、提携、帮助，更需要一群志同道合的朋友。团结就是力量，组织起来才有力量。要用共同的价值观、愿景追求、利益机制、制度规矩将众人组织团结起来，把力量和智慧凝聚在事业的旗帜下。要有识才的眼光、容才的胸怀、爱才的情感、育才的耐心、用才的魄力，实现人尽其才、才尽其用，形成人才辈出、事业兴旺的局面。**重明以丽乎正，乃化成天下。**要重视团队教育引导，加强思想政治工作，统一思想，集中意志，做到万众一心，众志成城。

依靠自己。一个人，无论处于何种境地，最重要的依靠是自己，最终的依靠还是自己。自己立不住，靠不住，其他一切都无从谈起。依靠自己，首先，自己要站得正，行得正，做一个正派光明的人，做一个正直善良的人，做一个正义担当的人。其次，要做一个信仰坚定的人，一生不变，矢志不渝。再次，要做一个果断坚决的人，决心干的事就立马干，决心了的事就彻底了。最后，要做一个坚持不懈的人，咬紧目标不放松，勇猛精进。

感　　应

憧憧往来，朋从尔思。

生活中偶尔会遇到这样的现象：你找一样东西，怎样找也找不到，忽然有一天不经意找到了；你想见一个人，念念不忘，必有回响，忽然出现在你面前；你想一件事，费尽脑汁找不到方向，忽然无意间想到办法；等等。我理解这就是心念吧，心心相印，念念相随，如同孔子所说：斯欲仁，仁至矣。自然界、社会生活常有这种心念的存在。物理学上说，作用力与反作用力；哲学上强调因果律，以及事物普遍联系，发展变化，循环往复。或许这就是相关的理论解释。

心存善念。以善良的心对待他人，帮人、助人、成就人，为他人谋福祉，一生是快乐的。将善念当成一面镜子，每天照照自己的思想和言行。善的，行之；不善的，改之。以善良的心对待周围一切，传递正能量，营造积极、健康、向善的环境氛围，将自己的善变成他人的善、大家的善，形成善的社会风尚，使人人受用，普遍受用，长久受用。

待人以诚。首先是真诚，是真心的，发自内心的，感情认同的。其次是诚实，不自欺，不骗人，是真实可靠的。最后是忠诚，专一不二，不背叛，不反水。付出了诚才能得到信。有了诚信，才能交到朋友，才能在社会上立足。失去诚信，就失去了道德的根本。无人相信你，你什么事都办不成。建立诚信，需要长期的努力，需要时间的考验和实践的检验，需要从小事做起，通过一件又一件事去取信于人。

临事以敬。每临大事有静气。敬事就是重视事，从头到尾思量办好、办不好的结果是什么，从内心深处重视起来。然后认真去做，一丝不苟，周密细致，万无一失。战略上坚定信心，战术上认真细心。谋事在人，成事在天。做成一件事需要主客观的统一。通过主观的努力，创造更多的客观条件，就会使事情顺利些，成功的可能性大一些。

久 久 用 功

君子以立不易方，久于其道而天下化成。

学习、工作、生活，如果要有所收获，有所作为，必须苦下功夫，下苦功夫。功到自然成。许多事情没做成，就是功夫未到家。人生如同挖井，非一朝一夕，而是要坚定目标，坚持不懈，日复一日，年复一年，方能水滴石穿，苦尽甘来。

用心。经常用心想一想，我这一生，到底要的是什么。心在哪里，我们的灵魂就安放在哪里。心在人上，人有共鸣；心在事上，事有成效；心在物上，物有灵气。这样，我们奋斗的目标才会清晰，所做的一切才有意义。

用情。好之不如乐之。对待我们的工作、家庭、亲人、朋友，要发自内心地喜欢它，欣赏它，赞美它，将责任融入情感。有了热爱，就有付出，就能持久。

用力。一分耕耘一分收获。将目标细化为任务，将任务实化为项目，投入我们的体力、智力、意志力，使劲尽力，不偷懒，不放松，每天完成一件事，进步一点点，长此以往，就能初见成效，走向胜利。

退 一 步

这些年，只知进，不知退，吃尽苦头。不知进退，就是不懂人生，不懂规律。人到中年，才略有体会其中的道理。当环境恶劣，气候异常，狂风暴雨，出海捕鱼，将会厄运多多；当身处是非之地，风气不正，利益纷争，久留必有风险。识时务者为俊杰。**天下有山，遁。君子以远小人，不恶而严**。进退之道，是策略而不是终点。道路是曲折的，前途是光明的。在人生的旅途中，有时退一步海阔天空，这是明智的选择，是为了更好地进一步。

让一让。学会有原则的让步，做出有必要的妥协。在实力不够强、能力不够足、条件尚未具备时，对人对事不可强求，不可事事争第一，必须做出一定的让利、让位、让路，以避免更大的损失，期待将来发展壮大。

放一放。该放弃的就要放弃，该放下的就要放下。事情有时候不可急来，欲速则不达。对人不可苛刻和求全责备，要用好其长处，改正其缺点，把住底线。时间也是解决问题的办法之一，有的难事，一时解决不了，放一放，也就有办法解决了。

静一静。从前台转到幕后，从热闹走向平静，从忙碌到清闲，让心灵安顿下来，进一步客观全面地认识社会，认识现实，认识他人，认识自己，从而找到个人在社会生活中的位置，重新校正人生的定位和奋斗目标。

想一想。退出主角，离开主战场，有了属于自己的时间和空间，花些日子想一想走过的路，思量当下的得失，以及今后走向何方。离开被动、被安排的工作生活，将心掏空，将身放松，自然心胸开阔，自然思路清晰，更加深切领悟到人生的真谛。

等一等。学会耐心等待，属于你的最终会来到，不属于你的，得到也会失去。这就要求德才相配，自觉加强德性修养和能力提升，以担任更大的责任担子。等待的日子是煎熬痛苦的，同时也是心性的修炼，养成从容、坦然、恬淡之气度。

看一看。关注形势发展变化，跟踪事态的进展，观察外面形形色色的动作和表现，看到苗头、趋势、大势，看清楚朋友和对手，研究各种利害、利益关系，分析突破口在哪里，机会在哪里，方向和路径在哪里，进一步坚定信心和斗志。

学一学。在人生退避之时，恰是学习的好时光。要将学习作为第一要务，多读书，读好书，充实提高自己，莫让年华付水流。静心读书的日子，胜似春光，以虔诚的心境，拜书为师，从书中寻找力量，在经典中发现光明。

问一问。问自己，这些年来，做了什么？做对了什么？做错了什么？为什么当初是那样的选择和行动？找出因果规律，认真总结经验教训。问师友，请教思想上的困惑，询问下一步的意见和建议，有则改之，无则加勉，集思广益，触类旁通。问山问水，将自己融入自然，在山山水水之间，仰望星空，思索人生，行稳致远。

走一走。主动才能改变被动。行动起来，才能创造机会，发现机会，找到适合自己的位置和方向，将以往的经验、思想转化为实践的成果，做出一番业绩。

干一干。在不被重视的日子里，有事认真干，没事找事干。干自己喜欢干的事，将爱好与事业结合起来，通过实实在在的工作，以及看得见、摸得着的成绩，赢得各方面的信任和支持，不愧于心，不负于人，不枉活在天地间。

留 有 余 地

物壮则老，大壮则止。

大壮，君子以非礼弗履，壮而违礼则凶。 事物往往是在最辉煌的时候转折走向衰败的，成功之时也是危险之时，不可不戒，不可不慎。做人不可趾高气扬，做事应留有余地。

不过头。过犹不及。事情过了头，将十分被动，后悔莫及。遇事对人不可冲动，应冷静、理性分析，科学合理确定好目标，做到一个合适的程度。

不过分。做好自己分内的事，不可贪占别人的便宜。厘清事情的边界，明确权利、职责及需要承担的责任。处理好人与人的关系，保持适当的距离，远近亲疏有度有节。

不过誉。赞美他人要实事求是，恰如其分，发自内心，真诚由衷。被别人赞许，要心怀感恩，同时要心存敬畏，将表扬当成批评，自警自省，自觉查找自身的缺点和不足，始终保持清醒的头脑，不可飘飘然。

德　性　光　辉

君子以自昭明德。受兹介福，以中正也。

一个人的德性修养，是一生的功课，是人生的使命。

有怎样的德性，就有怎样的行为。有好的德性，才有大的作为。这些年来，一直在加强德性修养。扪心自问，一些事做成了，是德性所致，水到渠成。一些事没成，是德性不足，难为其能。德性如天上的太阳，光明磊落，彰显人性的光辉。我心目中的德性是什么呢？

善良。与人为善，平等相处，从来没有欺凌他人、占别人便宜的念头，没有在别人背后说闲话，绝不做损人利己的事情。对于弱者，常涌起怜悯之心，尽己之力，给予帮助。

上进。对工作、生活、家庭始终积极上进，有理想追求，向往美好明天。发挥自己所能，努力做好每一件事。好学深思，认真读书学习，学到底，学到手，学到家。对问题好奇钻研，注重调查研究，搞清楚、想明白、做出来，好下去。

勤奋。自小父母就教导自己，一定要勤力。家里每个人都很勤劳，对我影响很大。自懂事起，从来没有偷懒的念头，更不会投机取巧。相信一切成绩都要靠双手努力拼搏，付出艰辛劳动和汗水才能得到。劳动使人快乐，勤奋使人踏实。

坚强。人到中年，经历世事沧桑，有喜也有悲，见过生死离别，遇到许多难事苦事，皆能坚强面对，挺过难关。男子汉，就应顶天立地，将责任扛在肩上。内心坚强，才能战胜一切困难。

助人。人不可只为自己而活着，立己更要达人。以自己的所学所能为更多的人谋幸福，这就是人生的价值。要感恩帮助过自己的人，要济力需要帮助的人。别人求于己，不推不拖，于情、于理、于法尽心帮助。

自律。心里要有道德律，脚底要有原则底线。时常检心反省，管好自己的思想、行为、言语和欲望。不该想的不要去想，不该做的不要去做，不该去的地方不要去，不该交的人不要交。自律也是坚持，矢志不渝，日复一日，一生不变。

自知。知己，知道自己的行与不行，优点和不足，做到发挥长处，弥补短处。认识到自己的能力和局限，做力所能及的事情，形成有个人特点的风格。知人，了解对方的想法、愿望和情况，发挥其特长，做到人尽其才。知事，对客观情况了解清楚，对未来做出科学预见。

自觉。做有意识的人，积极主动地学习、工作和生活，唤醒灵魂深处的自我，将潜能和深层次的品性激活。做有意义的事，将事物赋予深刻的价值内涵，丰富内容，创新形式，将新事做实，实事办好。

宽容。严于律己，宽以待人。对人宽厚包容，对事看开看远。以宽阔的胸怀，容下比自己强的人，容下曾经对自己不好的人，容下看不惯的人，容下小人。容下成功，做到不骄傲自满；容下失败，反省改过，振作起来，从头再来；容下富贵，富不奢华，贵不轻人；容下贫穷，贫不失志，穷则思变。

淡泊。人生匆匆，追求不强求。看淡荣辱得失，做到荣辱不惊，得失从容。以平常心对己对人，乐山乐水。走入社会，懂得人情世故，积极努力，有所作为。回到家庭，懂得责任和义务，尊老爱幼，和睦相处，建设温暖、温馨、舒心、舒适的港湾。走向大自然，观天、观地、观风景，草长莺飞，春暖花开。

刚 柔 相 济

处世之道，须刚柔相济。

在艰难时刻，应外柔内刚。**内文明而外柔顺。**如水的特点和德性，润物无声，包容一切，无论善地还是恶境，都能融洽相处。**内难而能正其志。**做到内心刚强，具有坚定的信仰和清醒的认识，坚持原则不变，底线不破。

在环境有利时，应外刚内柔。就是要抓住战略机遇期，利用好的外部环境条件，充分发挥聪明才智，有所作为。内心秉承善良、正直、公道、正派的品性，以人为本，帮人、助人、成就人，绝不可盛气凌人，忘乎所以，趾高气扬。

大事宜刚，小事宜柔。大事、大目标要坚定不渝，不放过、不放弃、不放松，艰苦奋斗，做出一番业绩。小事只要不触及根本、原则问题，不用放在心上，不搞绝对主义和完美主义，相信遗憾也是一种美。小事不必在乎，才能集中力量干大事，干成大事业。

急事宜刚，难事宜柔。紧急的事情，要第一时间处置，将隐患消灭在萌芽状态，最大限度减少损失。对付难做的事、难处的人，要慢慢来，一步一步地，一点一点地，一件一件地做好，逐步取得进展，形成局面，扭转形势，争取主动。

家 风

家，是人生的港湾。有了家，人生就有了归宿，就有了责任，就有了奋斗。

家和万事兴。**家道正，正家而天下定。**一个人，把家里事情处理好了，才有心情和精力去做事业、打天下。家国情怀，家事与国事相通、相连、相关。家风习习，好的家风，熏育出好的人才；好的人才，传承好的家风，代代相传，历久弥新。

夫妻同心。**男女正，天地之大义。**夫妻有共同的世界观、人生观、价值观，在家事上思想认识一致，行动合拍，有角色分工。相爱相伴一生，同甘共苦，共同筑造温馨的家庭。学会过日子，柴米油盐，平淡是宝。互相包容，不迁怒，不冷战，烦恼不过夜。

孝敬父母。百善孝为先。父母养我育我，将我们看大带大，他们年纪大了，我们做儿女的，就要照顾、孝顺、敬重他们。一个家，有老人在，几代同堂，是多么幸福。发自内心的感恩对父母好，才是真正的孝。对父母要有耐心，听他们说，不要烦；要细心，照顾好生活起居，不大意；要有恒心，十年如一日，一生如初见，不嫌弃。

教育好子女。首先要从小加强对子女的品德教育，让他们明白什么是真善美，什么是对的，什么是错的，是非曲直的标准是什么。帮助引导子女从小树立远大的志向，思考人生的意义是什么。教育子女既要爱又要严：爱他是对他的成长、成人、成才负责，多鼓励多肯定；严就是要严加管教，教导孩子养成好的学习、生活习惯，有要求，有批评，决不溺爱。

与兄弟姐妹和睦相处。本是同根生，应信任相助。一些家庭小时候能够相处，各人成家之后，却因家庭利益纷争导致矛盾冲突，形同陌路有之，大打出手有之，反目成仇有之。从历史和现实上看，有时人性的恶容易在亲情中出现，不可不察，不可不戒。所以，亲人之间应保持一定距离，以社会交往的方式，以朋友相交的心态，处理好亲情和利益的关系，效果将会好些。

富家，大吉。一家之长，责任甚大。要勤力工作，勤俭持家，为家庭生活提供必需的物质保障。要注重家庭学习，做到言之有物、行之有恒，形成书香门第，让家中每位成员都成为有文化、有见识之人。通过家庭物质文化建设，实现财富自由、精神自由，最终达到人的自由。同时，饮水思源，家庭互助，家家帮助，扶贫济困，共同富裕，大家幸福。

积善之家必有余庆。

求 同 存 异

君子以同而异。

生活中，许多人个性不同，思想方法不同，生活习惯不同，难免存在冲突和不快。工作上，许多人工作方法、方式不同，志趣价值取向不同，知识能力不同，自然存在矛盾和分歧。如何处理好这些问题，将人与事分开，做到团结共事，和谐相处，凝心聚力，这确实是人生大学问。

求大同。只要不触及底线、原则和根本利益问题，应努力寻求团结。在追求共同的目标、利益、价值上下功夫。在大的利益格局面前，在长远更大的发展蓝图下，个人的利益诉求、暂时的问题、局部的纠结都可以放下。团结人，才能做好事。学会团结的本领，是干大事业的基本要求。

存小异。格局要大，胸怀要广，眼光要远。容下人和事，容下难容之物。心胸不宽广，小事当大事，心事重重，压力大大；心胸开阔，大事是小事，举重若轻，从容淳厚。认识到前进路上，困难和矛盾无处不在，克服困难，化解矛盾就是进步。不要计较一时一事的得失，不要斤斤计较，允许矛盾在一定范围、时空内存在。

见　险　知　止

见险而能止，知矣哉。

一生之中，将会遇到无数风险，稍有不慎，将会坠入深渊，终生遗憾。战胜风险，将会浴火重生，挺过难关，走向新的胜利。所以人生如同赶路，务必小心谨慎，如履薄冰。

认识风险。事物是对立统一的，有矛就有盾，总以对立的形式而存在着。风险是必然的，没有不存在风险的事情，轻轻松松就能成功。越是好的事，越蕴藏着大的风险。风险无处不在，有时在开头，有时在中间，有时在结尾，胜利往往决定在最后 5 分钟。

预见风险。经过深入细致的调查研究，事先研判可能会出现哪些风险，以及发生风险的性质、种类、时间、程度。根据可能发生的风险，制订应急处置方案，落实组织、人员、物资、财力保障，确保遇险能应对，处置能解决，将损失减少到最低。

规避风险。明知山有虎，偏向虎山行，死路一条。**山上有水，蹇；君子以反身修德。**根据对风险的预见研判，选择风险程度低的行动路径。提前准备好应对风险的措施，做到未雨绸缪，有备无患，万无一失。加强学习风险知识，掌握风险的特点和规律。做好日常的风险应对训练，设置临场模拟，提高技能水平。

化解风险。坚定信心和决心，做到遇险不惊，冷静面对，稳住阵脚。深入了解风险的发生情况、原因及可能带来的后果影响，科学研判，果断决策，制订针对性的措施。调动一切资源力量，积极行动起来，抓小、抓早、抓关键，将风险消灭在萌芽状态，防止风险扩大蔓延，及时采取事后补救措施。从工作实践中，认识总结，吸取教训，积累经验，不断提高应对风险的能力。

解

天地解而雷雨作，雷雨作而百果草木皆甲坼。

一生之中，常有不解。遇到不顺心的事，碰到不好相处的人，遭受挫折失败，陷入生活困境，等等。倍感苦恼和心烦，如同一条条绳索束缚于身，动弹不得。此时，如能从自身寻找原因，从因果律联系分析，换一个角度和换位思考，心绪将会平静下来。

有题必有解。困难是暂时的，前途是光明的。有信心就有办法。困境是有原因的，找到和消除困境的原因，就会得到解脱，如同迷宫，有入口，也必有出口。困境不是一天形成的，走出困境同样需时间。在这样的过程中，既需要智慧，更需要意志。

解，做到堵疏结合，内外兼顾。堵，清除隐患，防止事态蔓延扩大。疏，客观分析形势，该放弃就放弃，寻找新出路。内，安顿好内心，正念正行，加强自身建设，搞好内部团结。外，整合资源力量，积极主动作为，创造环境条件，打破不利局面。

解，是重生，是新生。打破旧世界，迎接新未来。

管 住 自 己

君子以惩忿窒欲。损益盈虚，与时偕行。

管住心。心如宇宙，无边无际。欲望似海，波涛汹涌。要用信仰的力量，赋予生命的意义，做到心中有爱，无怨无恨，光明温暖。要用理性的戒台，筑起人生的海岸线，让欲望的浪潮止于岸边。

管住身。身正不怕鬼邪。时常省察身心，知错改过，堂堂正正做人，老老实实做事。对自己健康负责，劳逸结合。动静有时，重生养生，不透支，不过度，不熬夜。有规律地生活，过一种简单、淡泊、乐观、知足、清静的日子。

管住言。言多必失，祸从口出。务必慎言讷言，不说大话、空话、套话、过头话、多余话、刻薄话、恶毒话，要讲真话、实话、好话，言之有理，言之有物。该说时说，不该说时不说。说经过脑子思考的话、有准备的话、有针对性的话、有根据有条理的话。

管住行。敬畏因果。有什么的行为就有什么样的结果。要三思而行，切勿草率冲动。要做与自己身份德性相适的事，不越位，不过界。不去不该去的地方，不做不该做的事。专心致志，一心一意地做好每件事，对个人的行为负责。

增进社会福祉

益，损上益下，民说无疆。

人，来到世上，匆匆一生，应立志为社会做点事情。内心深处有利他观念，自己做到安身立命，还要让他人过得好。为社会尽到一份应有的责任，心甘情愿做出贡献。

着眼大多数人的利益诉求，是谋事做事的根本出发点和落脚点。为大伙着想，才能得到大多数人的拥护和支持。凡事出自公心，真心实意为了大家，就一定能得到大家的理解、给力。

社会给我机会和舞台，我报以劳动和付出。心系社会发展，心里装着人民，我们事业的格局就大。力所能及地投身社会建设，将社会奉献融入人生价值，从自我做起，从小事做起，从日常做起。

造福社会，需要学习，**见善则迁，有过则改**，提高本领。需要实践，积极行动起来，干一件成一件。需要担当，我为人人，人人为我，形成良好社会风尚。需要情怀，真心付出，真情倾注，做真的汉子。

君 子 夬 夬

君子夬夬。

人生是一次选择与放弃的旅途。人生的选择有时是被动的，有时是主动的，往往不能回头。正确的选择，未来是光明的。错误的选择，将来是艰辛的。选择难，难就难在未来不可知，难就难在没有许多的时间让你思考，决断常在一念之间，错过了这一时一刻，连选择的机会都没有了，所以遇事处事，要做到果断坚决。

审时度势。许多人、许多事是被逼出来的。客观上，形势发展了、环境变化了、条件不存在了，机遇挑战来了，将导致目前的一切必须跟着改变，以适应新的要求。主观上，个人想法不同了，知识能力提高了，目标定位有所调整，将重新出发，迎接新的奋斗。时势造英雄，这要求我们要认真分析形势，准确判断形势，做出战略选择。

权衡利弊。利益总是与风险相辅相成，没有只有利益而无风险的事情。看到事情好处的同时也应看到坏处，预计可能出现的风险，将后果估计得糟糕些，到时才能主动些，不至于惊慌失措。在利害面前，静心想一想，我到底要的是什么，我的初心是什么，这样，才能分清什么是得，什么是失。兼顾好当前和长远的关系，选择好真正的理想和追求。

　　果断抉择。选择还是放弃？干还是不干？干到什么程度？方案一还是方案二？今天做还是明天做？要迅速做出决策，不犹豫，不摇摆，不拖泥带水，不患得患失。时不我待，机不再来。错过时机，就会错过机会、错过事业，甚至错过全部。抓住时机，就会抓住机遇，一步一步地干成事业，实现人生的价值。

遇 上 你

天地相遇，品物咸章也；刚遇中正，天下大行也。

一生之中，我们会遇见各种形形色色的人，每天遇到许许多多的人。这些人，就是生命中的音符，就是人生中的一道道风景。

相遇是一份缘。茫茫人海，与你相遇，是命运安排，也是前世修行和今生的祈祷。春暖花开，你我相遇，不早也不晚，在风中，在雨中，天空中飘落的小雨，就是一丝丝的感动。

相逢是一首歌。多少年未见，异国他乡，见到熟悉的背影，仿佛是浪迹天涯的梦幻，喜极而泣。多少年过去了，回到阔别的故乡，见到白发苍苍的父母、亲人、老师、同学、发小，一起围炉欢聚，粗茶淡饭，千言万语，巴山夜雨，点滴到天明。

相爱是一生情。青春年少，欢声笑语，山山水水，留下浪漫的足迹。我们相知相伴，柴米油盐，平常过日子，幸福小家庭。我们心心相印，同甘共苦，风雨同舟，不知不觉，走过半生。岁月无情，人间有爱。今生今世，穷也罢，富也罢，我们一起看世界，一起慢慢变老。

生 命 中 的 人

生命中，会遇到贵人、好人、小人、坏人。

遇上贵人，要常怀感恩。贵人给予我们机会、平台、教诲、帮助和指导，有的是物质上的支持，有的是精神上的鼓励，有的是方向上的指引，有的是方法上的教导，等等。这些，也许是他们说过的一句话，帮过的一次忙，给予的一个机会，都充满温暖和力量，让我们站在新的生命起点上，人生从此与以往不同，受益终生。他们，就是生命中的贵人，一定要心存感激，知恩报恩。

遇上好人，要好好珍惜。如果说贵人可遇不可求，那么日常生活中我们遇到更多的是好人。他们善良、正直、真诚、勤奋、爱心、助人、利他、健康、阳光、宽容、快乐，没有害人之心，始终心地善良，没有阴谋诡计，始终为人正派，表里如一。与好人相处，大家是信任、愉快的，是相互学习帮助、共同成长进步的。好人一生平安，且行且珍惜。

遇上小人，要小心对付。难免会碰到这样的人，他们德性败坏、品质差劣、损人利己、阴险狠毒、见风使舵、见利忘义、阳奉阴违、贪婪妒忌、胆子大、无底线，背后说鬼话、使黑手，将个人的快乐建立在别人的痛苦上，等等。小人成事不足，败事有余。小人近不得远不得，近则生怨，远则生恨。小人亲不得疏不得，亲则变质，疏则记恨。**君子以除戎器，戒不虞。**所以，一定要认识小人，辨别小人，提防小人，小心相处，妥善处理，保持距离。

遇上坏人，要善于斗争。坏人是社会的渣滓，人民的公敌。要高举正义之剑，依靠法律武器，与坏人进行彻底斗争。要用制度的笼子、道德的规范，对坏人进行惩治、管制、教育、改造，让好人多多、坏人少少，使坏人能变好、好人不变坏。要用善的力量，坚持惩教并重，对坏人进行人性改造，将坏人的恶局限在一定程度上，将坏人深处的善挖掘出来。

对于自己人生的坐标，首先要当好一个好人，努力成为别人的贵人，决不是小人，更不做坏人。

创 客 小 镇

与余贤勇先生探讨创客小镇。

在城市生活久了，总向往乡村生活。在国外考察，见到许多小镇基础设施完善，安静祥和，环境优美，如诗似画。近些年来，国家建设美丽乡村，许多地方的新农村建设推进速度加快，坚持保护与开发相结合，生产发展与生态文明相衔接，涌现许多示范小镇、美丽乡村，令人神往。过去，我们常讲的就业现象是，农民工进城，大学生毕业留在城市生活工作，在城里成家立业。现在，随着大众创业、万众创新时代的到来，大学生到基层创业，到农村创业，到小城镇创业将是一种趋势。

在大中城市的周围，建设一批创客小镇，将是新型城镇化战略的有益补充。一方面，大城市的人口分流，减少城市的承载压力。另一方面，周边的农村分享城市化的资源红利，提高大城市的辐射带动能力，带动基础设施的投入和加强。只要交通方便，设施条件配套，许多人才是愿意在小镇和乡村工作生活的。小镇不小，意义很大。**地中生木，升；君子以顺德，积小以高大。**发展创客小镇的条件和方向是：

产业特色。有较好的产业基础，立足自身的资源优势，培育1～2个主导产业，形成完整的产业链条，拥有一批知名的产品和品牌。

宜居之地。推进产城融合，将工作环境与生活服务结合起来，搞好环境建设，推进绿色发展，绿化美化起来，水和空气质量优良，蓝天白云，工作顺心，生活舒适。

交通便利。地上，交通基础设施配套完善，机场、高铁、公路网络化，进出方便。天上，互联网畅通，"云、网、端"一体化，无碍阻。

人才聚集。以小镇为基点，发挥对人才的虹吸效应，吸引大批人才来创新、创业，使之成为人才成长成才、创业发展、创新驱动的土壤。

金融支持。吸引银行、基金、保险、保理、融资租赁、担保等金融机构进驻小镇，引进大型国内外金融巨头设立分公司、办事处，加快培育小镇重点企业上市，对接资本市场。

社会保障。配套医疗、教育、社保等社会保障体系，加强社会基础设施建设，切实解决户口落地、小孩上学等现实问题，使广大创客安心创业，放心创业，解除后顾之忧。

政策引导。国家和地方政府、有关部门出台相关支持政策，优化营商环境，加快"放管服"措施落地，大力弘扬优秀企业家精神和工匠精神，帮助创业者能创业、创成业、创大业。

市场运作。发挥企业的主体作用，通过市场机制，合理配置优化资源。推进小镇建设，可以采取政府和社会资本合作（PPP）模式，通过政府支持、企业主导，共同推动重大项目建设。

科学规划。组织专家深入调查研究，对小镇进行科学合理的规划，明确目标、重点建设内容、重点投资项目、资金来源、效益风险分析、保障机制等。根据规划，制订计划，分步骤实施推进。

国际元素。立足国际化的发展目标，体现中国特色，挖掘民族文化，高起点设计推进，将创客小镇打造成国际知名小镇。通过"请进来""走出去"，与世界名镇结对学习，合作共赢，取长补短，共同发展。

悬 壶 济 世

与唐细忠先生讨论医养结合。

唐先生是医疗集团负责人，有梦想、有思路、有情怀，旗下拥有几十所医院，热心社会公益活动，社会百姓口碑良好。听了他的创业故事，我深感医院的重要和医生的不易。作为一名医生，每天面对病人，望闻问切，诊疗救助，医身医心，既要精湛的医术水平，又要高尚的道德情操。从事这个职业，对生命应有深切的认识。见过生死，就不惧死亡；经过生死，就人生从容，更加节用爱人，从善如流。

如同人会生病，在一生之中，人也会遇到一些困难，陷入一些困境，这种境况看似无常又是寻常，偶然中有必然。我们要以医生看病的方式，做到医养结合，理解它，面对它，接受它，处理它。

苦难是成长的必然经历，是人生的宝贵财富。人的一生，需经历许多苦，如生老病死，生活穷困潦倒，家庭不和，事业不顺，工作中遇坎坷挫折，等等，不如意十有八九。有的人被困难吓住击倒，有的人却把困难当成战场，越挫越奋，战而胜之，走出困境，走向新的人生舞台。对待困难的不同态度，决定苦难之后的不同结果。我们要把困难当作成长的加油站，经过千山万水、千辛万苦，才有一览众山小、轻舟已过万重山的豪迈。历经磨难，才能深切地理解社会，了解现实，认清自己，识人知事。吃尽苦头，才能荣辱不惊，以苦为乐，苦中奋起，真正成长、成熟起来。

在苦难中站稳脚跟。不管风吹雨打，始终不改初心，**不失其所，君子以致命遂志**。信念是苦难中的灯塔，给我们力量和光明。心中明了，内心坚定，就能咬紧牙关，握紧拳头想出办法战胜一切困难。坚信苦多乐多，困极必通。事物的相对性决定可能性，没有一辈子的苦，也没有一辈子的福。今天的祸，可能是明天的福。现在的幸运，又可能是将来的不顺。所以在困境中不失信心，不丢根本，不掉本色，就一定能从容应对一切局势。

帮人、助人、成就人。既要度己，还要度人。每个人都会遇到困难，在安顿自己的同时，要救急济困，尽自己的所能，帮助更多需要帮助的人。对有求之人，只要是正当的、正义的理由，就义无反顾帮助支持别人。要积极主动地关心他人，不求回报地去帮助他人。帮助别人就是帮助自己，成就别人就是升华自己，真心、用心、尽心地付出，就是人生的境界。

唐先生悬壶济世，知行合一致良知，视患者为亲人，以出世的情怀做入世的事业，几十年如一日，将心比心，救死扶伤，扶贫解困，为国家医疗事业发展扎根基层、投身一线、默默奉献、造福百姓，医养结合之路一定越走越宽。

井 之 魂

　　我出生在河寿村。小时候经常跟着母亲到村头老井挑水，家里有一个大水缸，将老井的水挑回来做饭，来来回回挑几次才能将水缸注满。这口老井供应全村的人用水，不知什么时候挖好的，听母亲说，自从有了河寿村就有了这口井。小时候我对于井就充满好奇，为什么井里的水挑不完呢？为什么水从井底冒出来？老井也是全村议事聚会、小孩玩耍、老人纳凉的场所。每到夏天，夜里总有许多人坐在井边谈天说地，交流一天的见闻，笑声朗朗，好远都听得见声音。我童年许多时光就在老井度过的。

　　后来，我转学到红花村读五年级。红花村是大村，有两口井，离昆哥家近的是一口大水井。我平时放学回来，会帮家人做饭，拿水桶到老井提水回来，后来有了力气改为挑水。这口井时间更长，井石青苔色，光滑发亮。有一次水桶掉到井里，我还下井将桶捞上来。听村里老人讲，每口水井都有一个神奇传说，这口井是经过许多地理先生用罗盘测量出来的，开井以来，泉水源源涌出，从未枯竭。

　　井是农村的吉祥之地，农民的感恩之地，村里大人小孩始终对井充满敬畏和感激，每到春节和当地假日，人们在井边烧香祈祷平安健康。

井养而不穷，改邑不改井。一方水土养一方人，农村生活离不开水井。井是农村生命之水、生活之源、生产之要，寄托老人岁月沧桑的记忆，承载小孩无忧无虑的童年，印证大人养家糊口的责任。井，自我泉涌、自我净化、自我奉献，给人滋养、给人甘甜、给人希悦。井的精神，就是天之精华、地之力量。

不竭尽。井之用，是井水用之不竭。学习井这种自我更新、新陈代谢、绵绵不绝、循环往复的内生机制。井有源头，有渠道，有江河溪流支持水源，有天上水、地下水的补充，所以用之不竭，挑之不尽。作为人，效法井，就是要多积德、广行善，心胸开阔，有容乃大，兼蓄并包。

不自满。没有见到满水的井，即使下雨天，井水涨一些，但也没有从口上溢出来，可能通过一些暗渠分流走了，从而达到适中的平衡。人也应如此，要永远谦虚谨慎，清醒认识自身的不足，戒骄戒躁，不自夸、不过誉、不邀功，低调做人，扎实做事。

不间断。井里总有水，旧去新来，从不间断。一个人读书学习做学问，可贵的就是这种不间断，朝着目标，坚持每天进步一点点，心静如水，十年如一日，苦修渐修，花鸟不动，荣辱不惊。终有一天，水滴石穿，脱桶顿悟，见心明性。

不封闭。井处于低处、暗处，井水无言，不声张、不张扬，下接地气，上仰天空，对取水者一视同仁，平等仁爱。井口虽小，但装下一片天空。人亦如井，虽有局限，但拥有自己的一片天空，风吹不动，雨打从容，小鸟飞过，满心欢喜。

清晨，我站在井边，思考人生。岁月无情，人间有爱，朝霞满天，阳光灿烂。

大 学 变 革

大学之道，在明明德，在亲民，在止于至善。对一个人来说，考上大学，是成长迈向成才的标志和起点。大学本质是大，要义是学。大学生活，正值青春年华，正是学习知识技能，树立人生理想，完善人格品德的关键时期，**文明以说，**大学期间学到的东西将是一生的思想财富。办好大学，就是对人民负责，对社会负责，对子孙后代负责，对国家未来负责。时代在发展，社会在进步，要以变革的精神，推进大学发展。**天地革而四时成，**以变革为动力，**顺乎天而应乎人，**抓住机遇，加快建设一批应用型创新大学，为社会发展和伟大复兴做出贡献。

公立与民办。优化配置教育资源，加强政策支持，引导社会资本力量，加大对民办高校的支持，赋予学校更多的自主权力，形成公办和民办高校各具特色、互为补充、共同发展的格局。

国内与国际。引进国际知名高校先进的理念、资源、人才，加强交流合作，推动国际管理模式中国化、本土化。支持国内大学走出去，与国际名校合作办学，互派老师讲学和培养学生。

一老与一小。将大学作为平台，教育主体向成人和儿童两头延伸，树立终生学习的理念，加强成人继续教育，办好老人大学，将学习融入生活，建设学习型社会。教育从娃娃抓起，利用优质教育资源，支持有条件的大学配置幼儿园、中小学，从出生到大学一贯通。

人才与科研。大学根本任务就是立德树人培养人才，帮助引导学生完成知识积累、方法学习和品德修养，让大学精神入心入脑，为人生今后的发展打牢基础。此外，还要发挥大学人才荟萃、智力集中、科研条件好等优势，针对社会发展重大问题，加强研究，多出成果。

产学研用。产业发展需要人才，研究目的在于应用。建立起产学研用的机制和平台，推动协同创新，促进大学科研成果加速转移转化和产业化，提高大学服务经济社会发展的能力。

创业创新。设立创业教育的教学内容，加强对大学生创业理念的教育，激发创业热情，学习创业技能，坚定创业方向，尽早适应社会发展。发挥高校思想活跃的特点，积极营造创新发展的氛围。

校企合作。积极推进校企合作产教融合，实现大学给企业培养输送合格优秀人才，企业为大学专业设置、学生实习、科研试验、成果示范提供平台，双方发挥各自优势，资源共享，合作共赢。

校地合作。加强大学与地方政府、社会的合作，通过联合办学、校城融合，建设大学城。政府制定相关政策，为学校师生学习生活提供服务保障。大学根据政府需要，发挥专家学者的作用，为地方经济社会积极建言献策，大力培养专业人才。

校融合作。强化大学与金融机构的合作，解决大学靠收学费、财政拨款资金渠道单一的情况。加强大学产业开发和资产整合，将学校优质的资产证券化，支持校办企业上市融资。

大学智库。发挥高校专家集中、关注社会、责任担当的特点，组建不同层次的智库，开展调查研究，提出针对性的意见建议，为政府科学决策和社会经济发展提供参考。

正　位　凝　命

鼎偏倚则势危，故贵正，不正则餗覆；鼎敛实于内，故贵凝，不凝则实漫矣。故君子取之，以正位凝命。

正念。心中的欲望必须纯正、正当、正义，不想非分之事，不起邪念、妄念、恶念。思维方式必须科学，运用历史、辩证、唯物、发展、联系的眼光看待问题、分析问题、解决问题。

正行。讲信义，一诺千金，说到做到。守规则，按规矩办事，不胡来。走程序，决策、执行、监督三分开，环节不漏，上知下办。有底线，时刻有法纪意识，心存敬畏。

正位。不缺位，认真履职尽责，不推，不躲，不拖，该做的事必须做好。不越位，分清权责边界，不伸手，不插手。在其位谋其政，将对上负责与对下负责结合起来，想干事，干成事，不出事。

牢记使命。有理想追求，不枉费一生，不虚度光阴。有责任担当，为社会和老百姓做点事情，再苦再累，也值得。有家国情怀，处理好国家和小家的关系，爱家爱国，赤子丹心。

恐　致　福

君子以恐惧修省。

赵昕先生来访，探讨青年创业创新。当下大众创业、万众创新风起云涌，迎来一个创业时代。青年人有理想、有激情、有闯劲，在创业的伟大实践中实现人生的梦想，引领时代潮流，可喜可贺，可歌可泣。勇气和谨慎是创业的一双翅膀，前者是加油站，后者是稳压器。有了这双翅膀，创业鸟就会飞得更稳、更远、更高。

事前恐，则豫。事先预见事态发展趋势、可能发生的变化，以及带来的后果，估计影响和损失多大、多重、多深，从而在思想上重视起来，在灵魂深处紧张起来。针对这些情况，科学做出决策，制订预案方案，以备不测，防止事变。

事中恐，则止。对于运作中的事情，已发现方向不对，已产生不良的效果，已造成一定的损失，不利的局面正在形成，压力逐步加大。这时，要立即警觉起来，赶紧收心、收手，坚决放弃、放下，绝不留一丝一毫侥幸和牵挂。止而安，不至于一错再错，铸成大错。

事后恐，则悔。许多事情，往往无知而无畏，经过磨难，方心有余悸。面对事实和结果，在承受痛苦的同时，回顾走过的路，从内心深处寻找原因和思想根源，进一步认识到什么是正确的，什么是错误的，进一步认清自己，了解社会现实，从而明确下一步做什么，不做什么。

动静不失其时

时止则止，时行则行；动静不失其时，其道光明。

在奋斗过程中，前进还是守退，行动还是停歇，除了要考虑形势条件、外部环境、自身条件等因素外，还要琢磨时机是否适宜。另外，一切行动都应充分衡量客观环境和主观条件是否具备，尤其是外部环境是否适合行动？如果客观环境允许，就前进行动；如果不适合，就韬光养晦，养精蓄锐。

艮其止，止其所也。

这说的是停止在应该停止的地方，如同我们停车要停在停车场或停在自家车位，不要乱停乱放。停止在恰处，可以做到前可进，退可守，使事物处于一个安全、稳定、放心的状态。如果停在不该停的地方，将可能陷入一个不安、隐患、危险的境地。

君子以思不出其位。

我们思考问题和做出决策应根据自身的职责，想自己该想的事，做自己该做的事。一个人，何时何地都应清醒地认识到当下的责任，从而坚定人生的使命。不要吃着碗里看着锅里，种别人的责任田，荒了自家的自留地。不出格、不越位是做人修养和做事原则。

艮其身，无咎。欲望如海，波涛汹涌。身是心的载体，管住心，还要管住身，双管齐下，方可克己。身心相随，要做一个身心健康、志趣高雅的人。管住上半身，正念正言。管住下半身，慎独，慎行，慎交友，坐得正，行得正。

艮其辅，言有序，悔亡。

管住嘴巴，不多说，不乱说，不瞎说，该说时候才说，不该说时不要说，说经过脑子思考的话，说有针对性的话，说条理清楚的话，说对方听得懂的话，说适合身份场合的话，说简洁明了到位的话，说有用、有价值、有信息量的话。这样，我们的遗憾就会少了，就会成为一个受欢迎的人，一个有诚信、有涵养的人。

一 步 一 步 来

做事，要一步一步来，不能急躁，欲速则不达。

我的毛病就是焦急，高二时就想参加高考，结果到了高三还没考上，可见当时眼高手低，自不量力，这毛病，让我吃了不少苦头，摔了许多跟头，到了一定年纪，才知道，许多事情急不得，必须一步一步来，一点一点地做好，才可能实现目标。

事情的发生变化大多数是渐变的，而不是突变的；是缓慢的，而不是急促的。将时空拉长点，变化渐进，不知不觉，无声无息，就会达到润物细无声，功到自然成的境界。思想、文化、艺术、风气、风俗等方面，充分体现渐进的规律和特点，所谓**君子以居贤德善俗**。与人相处，同样不可太急，急则相怨，导致对立冲突。只有情感认同，才有理性相交。

要有过程意识。事物总有一个过程，不可一步登天，一蹴而就。如煮饭，经过淘米、添水、下锅、沸腾、米熟、焖锅、回香，才能品尝到香喷喷的米饭。又如种稻，外部完成育秧、插秧、施肥、喷药、除草等环节，自身秧苗经过积温、抽穗、扬花、结粒等，才能到收获的季节。生物界一年经过春夏秋冬，春播、夏长、秋收、冬藏，到什么季节做什么事情，过程明显，季节分明。在奋斗过程中，同样需经过成功失败，反反复复，来来回回，才能认识事物的本质和规律。

要有步骤观念。将事情分成几步去做，就变得容易简单。再大的困难，拆成一步一步地推进，一件一件的具体事去办，先易后难，先简单后复杂，也就不难了。步骤决定成败。一着不慎，全盘皆输。一步走错，终生遗憾。在胸怀全局的同时，要集中力量把当下的这一步走好，走好了这一步，就为下一步打牢基础，步步为营，走向胜利。

要有前中后的思维。事先要搞好调查研究，将情况了解清楚，主客观条件找出来，利弊分析明白，从而下定决心，树立目标，明确思路，制订方案，提前部署准备。事中要组织力量，环环相扣地抓好落实，强化督促检查，确保质量和时效。事后要认识总结，盘点得失，分析原因，找到规律，切实搞好成果转化，建立长效机制。

月　　儿　　望

小时候，望月

月是笑脸

圆圆的，甜甜的

月光下

知了在唱歌

童年，留下多少梦幻呵

上学后，望月

月是扁担

弯弯的，沉沉的

月光下

还在苦琢磨

明天，老师考试么？

工作了，望月

月是故乡

近近的，大大的

月光下

想起父老乡亲

他们，在家还好吗？

如今，望月

月是自己

小小的，淡淡的
月光下举酒问嫦娥
奋斗，人生有几何。

丰　收

　　人、事、物总会经过一个发生、发展、发达、衰弱、老化、消亡的过程，然后又进入一个新的循环，生生不息，循环不已。从起点到终点，必然迎遇一个顶点，这个顶点就是丰收时刻。

　　丰收，当思来之不易。小时候，我在南方农村生活，插过秧，割过稻，种过地，许多农活都干过，深切体会锄禾日当午、汗滴禾下土的辛劳。有时遇上倒春寒、台风、稻飞虱，稻田减产减收甚至颗粒无收，这又是人力不如天意。丰收，当初是多么艰难。所以，吃饭勿忘种田时，懂得珍惜和感恩。

　　丰收，当心大小年。上大学，我读的是果树专业，才晓得果树大小年现象，对家里种的荔枝、龙眼出现一年收一年歉的情况不再纳闷。**日中则昃，月盈则食；天地盈虚，与时消息，而况于人乎？况于鬼神乎？**物极必反，越是胜利，越是危险之时，告诫切不可骄傲自满，得意忘形，否则，下一步就是挫折和失败。

　　丰收，男儿当自强。世间一切幸福，不是天上掉下来的，而是靠双手奋斗出来的。一分耕耘，一分收获。只有付出艰辛的劳动和辛勤的汗水，才能收获丰盛的果实。只有是自己劳动出来的果实，品尝起来才是甘甜的。丰收来之不易，丰收不是终点，而是新的起点，好男儿志在四方，自立自强，奋斗不息。

为什么去旅行

旅贞吉。

与张志勇先生交流旅游文化，深感旅游产业将是中国未来的朝阳产业，前景广阔，潜力无限。从个人来说，读万卷书，还要行万里路。通过旅行，丰富人生阅历，见多识广，提高生命质量。从家庭来说，利用节假日，团聚外出，观光旅游，增进亲情感情，享受天伦之乐，其乐融融。从社会来说，大力发展旅游产业，鼓励居民旅游消费，提高公共服务水平，将积极促进经济发展。而且，现在飞机、高铁、网络发达，出行方便，人们手里也有一定积蓄，使外出旅行变成可能和可行。可以预见，旅游时代将到来，这产业浪潮，将加速推动旅游与文化、金融、健康、科技、农业等产业的融合，意义十分深远。

旅游是美好的，旅行却是辛苦的。**天地者，万物之逆旅。**为什么去旅行？为什么去远方？为什么浪迹天涯？

寻找真。走出去，亲眼所见，亲耳所闻，亲身体验，看一看外面的世界如此精彩，想一想当初的传说是否存在。山高路远，天高云淡，我们似乎看到世界的一点真面目，体会到生命的意义。天地间，人，是多么渺小，又是多么伟大。真实的背后一定有真理的存在。走在远方，时常问起，我是谁？我从哪里来？我又到哪里去？此时此刻，信由心生，浑身充满力量。

感觉善。旅行是修行。人在旅途，是一次善的修行，途中遇到的善人和善事，将触发内心，种下善的种子，催生善的萌芽，产生善的力量，使人格得到升华。看到的自然景观、历史文化古迹、城市乡村发展，从善的角度，理解历史与逻辑的统一，思考眼前的一切为什么能够存在，探寻善的机理和作用是怎样的。这样，使我们的人生视野和格局不断扩大。

发现美。每到一处，发现一处的美。用美的心灵去旅行，眼前一切都是美好。美在自然，大自然的力量，给人们留下无数的鬼斧神工的自然杰作，令人惊叹，流连忘返。美在城市文明，城市是一个区域的政治、经济、文化中心，承载文明的变迁，记载文化的痕迹，人以类聚，城邦文明推动人类社会的发展。美在乡土人情，普通老百姓的起居生活，各种风俗习惯，传统节日技艺，体现不同民族和当地文化，在大同中不同，又在不同中趋同。美在岁月沧桑，在岁月的长河里，人如沧海一粟，经过岁月的洗礼，许多东西如烟飘去，许多新生事物又迎面而来，我们站在变与不变的时代，为生命喝彩！

随　风

随风，巽；君子以申命行事。

黄文广先生来访交流，说到当下大众创业、万众创新浪潮，为广大青年创业提供新机遇、开辟新天地。黄先生是青年创业榜样，他适应时代趋势，做农场、搞旅游、开网店、卖农资、办连锁，事业风生水起，在服务农民中实现人生的价值，书写青春风采。

时势造英雄。新时代黄先生创业创出新业绩，给予我们许多有益的启示：做事创业应因时而动，顺势作为，如风一样。

看准风向。风向是历史走向、时代方向、众人所向、大势之向。看准风向，就是看到光明和未来，找准前进的方向。把握正确的道路方向，做方向正确的事，我们的行动才不致走偏，工作中才不犯错误。走对方向，才能抓住时代的机遇，跟上社会发展的步伐，路子越走越宽。

顺应风势。做与时代趋势、社会潮流相适应的事，从思想上、行动上跟紧。这几年，"互联网＋"的快速推进，为产业发展插上科技的翅膀，给许多传统产业注入新的活力，推动社会新的进步。然而，一些产业忽视和滞后信息化浪潮，导致举步维艰，面临萎缩淘汰的危机。

借助风力。过去常说，万事俱备，只欠东风。现在网上流行语：在风口上，猪能飞起来。可见趋势的力量不可阻挡，趋势的力量使不可能变成可能。共享经济的发展，催生许多新业态、新模式。由此可见风力，是政治、经济、科技、文化、人才、金融等要素形成的合力，具有时代性和人民性的特征。

起来风头。干事创业，我们不但要选对方向顺势借力，而且还要学会造势。加强调查研判，抓住方向性、苗头性、趋势性的事物。充分调动资源力量，大力宣传动员，勇于开拓创新，做成局面，形成趋势。创造时代风尚，站在时代潮头，领导时代潮流，为国家、社会和老百姓做点实事，人生也就无憾了。

悦 人

丽泽，兑；君子以朋友讲习。

同门是朋，同志是友。与志同道合的朋友一起读书学习，研究交流，是一件快乐的事情。做人做事，**顺乎天而应乎人，刚中而柔外**，以快乐为导向，将起到事半功倍的效果，所谓**说以先民，民忘其劳；说以犯难，民忘其死；说之大，民劝矣哉。**立己达人，怎样给人快乐呢？

给人希望。事物的相对性，使一切皆有可能。遇上厄运，当老天关上一扇窗户，又给你打开一扇新门。当前面路走不通时，回头转身，还有许多岔口，不畏艰难，走向光明大道。一粒种子，可以改变世界，一棵小苗，将长成参天大树。

给人信心。存在就是合理，活着就有价值。大材大用，小材小用。人尽其才，物尽其用，关键是识才会用。信心比黄金宝贵。信心来自对未来的科学预见，对当下形势的准确判断，对自身特点优势的清醒认识。

给人智慧。指明方向，教会方法，唤起潜能。实践出真知，扎根实践中锻炼，经受考验，提高本领。书中自有黄金屋，多读书、多思考，审辨慎问，博闻广记，努力成为思想深刻的人。每个人都是一本书，要把人当书读，交流人生的经历，分享人生的经验，从他人的成长中得到启迪，从而走好自己的人生路。

给人机会。多创造成长的机会、发展的机会，让更多人有机会发挥聪明才智、施展才华、做出贡献。酒香也怕巷子深。没有机会、失去机会，一些青年才俊就难以脱颖而出，一些杰出的人才就会被平凡岁月淹没，可惜不已。机会对一个人讲，往往可遇不可求，常常是无声无息，稍纵即逝。要善于发现它、抓住它、用好它。

给人平台。种上梧桐树，凤凰自然来。搭好戏台舞台，表演更精彩。平台是组织，组织起来就有力量，赋予组织化功能，可以调动资源实现目标。平台是信用，人有了信用，才会得到社会的认同，工作起来才得心应手。平台是岗位，处在不同高度，看到的景象自然不同，站得高才看得远，欲穷千里目，更上一层楼。

总之，希望是头上的天空，让我们看到光明和未来。信心是我们脚下的大地，让我们充满力量和坚定。智慧是我们心中的海洋，取之不尽、用之不竭，战胜前进中一切困难。机会和平台，是我们奋斗的双轮，珍惜爱护，勇猛精进。

友 谊 长 存

李祥同志来访。十年前，我们年轻人在一起共事，当时还有丁斌、永林、王林、福平同志，共同组织开展全国粮食高产创建活动。大家搞调研、写报告、抓落实，经常加班加点，有时到夜里才回家，累并快乐着。

这些青年同志十分优秀，素质高，能力强，为人好，重情重义，勤勉敬业，真诚朴实。这段工作因缘，让我们成为好朋友，结下深厚的友谊。后来，我们各奔东西，在不同地方工作，但一直保持联系，互相关心问候，彼此祝福鼓励。

君子之交淡如水。我想友谊也像水一样，纯洁、淡泊、自然。它建立在共同的人生观、价值观之上，是在朝夕相处、团结合作、事业奋斗中所形成的。所以，过了这么多年，我们仍感觉如当初工作时的状态，谈心交心，欢乐欢笑，没有隔膜。没有因为岁月流逝、地位变迁、工作环境、名利境遇而改变的友谊，才是真正的友谊。

风行水上，涣。 人生如水，潮起潮落。朋友如风，有聚有散。因为友谊，在人生的路上，我们永远没有走散。

节 用 爱 人

欣悉李劲同志履新，将在更加重要的岗位施展才华，造福一方，深表祝贺。

在一定的岗位和平台，必然掌握一些资源和权力，如何用好这些资源和权力，这是考验和挑战。

敬畏权力。权力是双刃剑，用好是好事，用不好成坏事。权力的本质要求权力来自何方，就对谁负责。公权力就是要对公众负责。**当位以节，中正以通。**当权者，务必节制慎重，秉直中正，公道正派。

将权力关进制度的笼子里。没有监督的权力必将产生滥权和腐败。**节以制度，不伤财不害民。**制定严格的制度，规范权力的边界和运行。加强制度的实施和监督，让权力始终在阳光下运作。

选贤用能，执政为民。**泽上有水，节；君子以制数度，议德性。**培养选拔德才兼备的人才担负重任，行使权力，让来自人民的权力真正为了人民。完善权力监督制衡机制，让人民起来监督权力，以权力限制权力，政府不敢懈怠，权力才不会变色。

诚 信 为 本

从小到大，受家庭和父母教育，我将善良、勤奋、诚信作为做人做事的基本品质、安身立命之根本。时常反躬自省，在为人处世中，是否做到以诚待人、以信为本，努力在具体的人和事中磨炼、提高、升华自身的人格。

做人讲诚信，就会受到他人的尊重和信任。做事讲诚信，说到做到，就会赢得社会的认同，许多事情就会办得顺利，为今后的发展奠定基础。不讲诚信，讲大话、假话，吹牛，招摇撞骗，那么必将是做人没朋友，做事寸步难行。黄金有价，诚信无价。诚信是社会公众对一个人的品质认可。讲诚信，是一生的必修课，须日日用功，事事检行。诚信靠日积月累，来之不易。失去诚信，可能是一事不慎，一时之快，一定要时刻警醒。

诚信是对社会、对他人的真实承诺，首先是单方的，然后是双方的，以自己的诚信获得对方的诚信，所谓**爱出者爱反，福往者福来**。诚信如同一棵大树，堂堂正正，顶天立地，风和日丽，百鸟朝凤。**鸣鹤在阴，其子和之；我有好爵，吾与尔靡之。**这就是诚信带来的欢愉情景。

早发愿　晚思过

　　光阴似箭，岁月如流水。认认真真过好每一天，一月就不会白过，一年就会充实，一生就会厚重。**君子以行过乎恭，丧过乎哀，用过乎俭。**怎样过好每一天，要从心开始，把好早晚这个开关。

　　这么多年来，我每天早晨醒来，睁开眼睛，就想到当天我要做什么，做几件事，最要紧的一件事是什么。心中充满祈祷和祝福，祝愿事情顺利、顺意、顺心。此时，似乎看到前方光明，浑身充满力量，我想这就是信仰的力量吧。这种力量，让自己在工作生活中产生强烈的责任感和使命感，这一天，我就是要为早晨决定下来的这件事而努力，尽心尽力地去完成，实现当日目标。自然，也不会觉得辛苦和累了，因为觉得这就是你自己的人生责任，必须扛起来。

　　当忙碌一天，夜深人静，我躺在床上准备睡觉时，总留出几分钟，闭目想一想当天所发生的事情，如放电影一样，回顾一下自己一天的所作所为，实事求是地找出几个不足和过错，想一想自己做得不对的地方，包括思想、语言、行为，想一想原因，从灵魂深处认识过错，深深忏悔，坚决改正过来。每当找到和认识到自己的过错不足，就像找到金矿一样，心里是欣慰的。作为常人，讲优点容易，找自身缺点很难，难就难在有勇气认识自身存在的错误，有魄力改正过来，这是自我否定、自我革命、自我斗争，确实是一件很痛苦的事情。每当决心改正这些错误，就像卸下一副重担，去掉心里的包袱，心里是轻松、愉悦的，就有一种不愧于天地良心的感觉，自然感到这一天没有白过，过得很有意义，这样，很踏实地、微笑地睡去。

早发愿，每天做好一件小事；晚思过，每天改正一个毛病。与时行，一早一晚，扬长补短，每天进步一点点，人生将越来越精彩。

七　日　得

许久以来，我一直想知道，为什么一个星期是七日，而不是六日或八日。百度上有一些解释，我半信半疑，没有深入去考证。直感中，认识到七日是一个小循环周期。事物在七日之中，经历发生、发展、成长、成熟的过程，形成了完整的生命体。

由此认为，事物的发展是从量变到质变的过程。只有经过刻苦的渐修，才能达到灵光一现的顿悟。如同烧水煮饭，需要投入一定热量和火候，才能水开、饭熟。所以没有过程，就没有结果。经过一个周期，才能形成习惯，见到效果。一个周期结束，又是一个新的周期的开始，周而复始，循环往复，运动不已。

得，是收获，是成功。收获是因为付出艰辛努力，成功来之不易。**人情处危则虑深，居安则意殆。**此时，也是最容易松懈、骄傲自满、急躁冒进的时刻，是放松警惕、好大喜功、自负狂妄的时刻。这样，危险就来了。**水在火上，既济；君子以思患而豫防之。**因此，作为有远大志向之人，务必戒骄戒躁，认识到越是得到之时，越要小心失去，越是成功之时，越要防范风险，小心翼翼，如履薄冰，绝不可粗心大意，切实做到慎终如初。

任　重　道　远

火在水上，未济；君子以慎辨物居方。

在人生旅途中，当我们翻越一座大山时，才发现山外有山；当我们走过一段路途后，才发现前面路还很长。

责任与使命。时刻牢记肩上的责任，不忘初心，不丢使命，将责任和使命作为奋斗的不竭动力，迎难而上，勇猛精进，有所作为。

前途与道路。认识到前途是光明的，道路是曲折的。前途光明给予信心，相信真理的力量，事在人为；道路曲折提醒一定要小心，坚持正确的方向，走好每一步。

精神与意志。做一个纯粹的人，一个精神高尚的人，一个意志坚强的人。站在历史和未来的高地，看清现实，做好现在。以不屈的精神树立伟大的人格，以不挠的意志实现人生的理想。

奋斗，永远在路上。

三　　易

一生之中，将经历无数艰难险阻，碰到许多难办的事，遇上一些难处的人。这些都是成长过程中必然要经历的，也只有战胜这些困难，才能经受磨炼、认识社会、健康成长，从而堪当大任。靠什么去战胜困难，可以从《易经》中汲取智慧。

不易。树立战略定力，坚定信心，确定目标，不忘初心，不改初衷。定由心起，慧由根生。一旦定，就不怕风吹雨打。"定"就是我们脑海中的信念，是精神上的那根柱子。定位好，就有了方向感，前进就有目标和动力。**天尊地卑，乾坤定矣。卑高以陈，贵贱位矣。动静有常，刚柔断矣。**

变易。讲究策略方法。策略方法是斗争的武器，是战胜敌人和困难的法宝。坚定战略目标不动摇，采取的策略方法管用有效，做到原则性和灵活性的统一。**方以类聚，物以群分，吉凶生矣。在天成象，在地成形，变化见矣。**事物千变万化不离其宗，牢牢把握其规律性和特殊性，寻找切入点和突破口，积小胜为大胜，我们就能以弱胜强。

简易。从实际出发，简单易行。**易简，而天下之理得矣。乾以易知，坤以简能；易则易知，简则易从；易知则有亲，易从则有功；有亲则可久，有功则可大；可久则贤**

人之德，可大则贤人之业。做到易知易从，必须从实际出发，立足客观条件和主观能力进行可行性、可能性分析，找到简洁、直接、明了、有效的措施。真正一招制胜，一剑封喉。

观　象

观象。我们每天都要与人、事、物打交道，怎样才能看清楚、看明白，不被蒙蔽从而判断准确，做出正确的决策，这是极为重要的本事，需要学习、经验、体悟，最重要的是强化善于观察事物、分析问题的意识，自觉学习掌握透过现象看本质的思维方法。

看早。事物发展总有一个过程，往往是从无到有，从隐到现，要看到苗头和倾向，在萌芽状态时候就能觉察出来。如果是好事，要引导发展；如果是坏事，要及早处置。

看小。小事藏大事，小节看大节。越是不经意的小事小节，越是一个人的真实写照。越是在非正式、无监督、轻松放松的环境，越是一个人行为的自然状态。要学会以小看大，见微知著。

看透。世上没有无缘无故的恨，也没有无缘无故的爱。事物总是联系而存在，有因就有果，在果必因。要从外到内、由此及彼，抓住主要矛盾，把握事物规律。

观象的目的不仅是知道它，而是面对它、处理它，做到知变、应变、适变，采取有效措施，及早积极行动起来，牢牢把握人生主动权。

善 补 过

应北京天津企业商会禹酢胜会长、杨明俊秘书长的邀请，我们到天津滨海新区参加第五届全国民企贸易投资洽谈会。从顺义出发，一路高铁、地铁来回，辛苦疲惫，也收获多多，了解新时代经济发展动向、国家政策走向和项目投资方向，学习企业贸易洽谈模式，实地感悟企业家精神。坐在高铁上，我想人生如旅途，有起点，有终点，有时走，有时停，刹那匆匆而过。一路如一生，坚毅前往，必然经过四种驿站。

吉。顺利时，要把经历转化为经验，将做法转换成方法，让成功再现，从胜利走向新的胜利。同时，要保持头脑清醒，越是顺利时越是离危险最近的时候，绝不能骄傲自满，切不可粗心大意，务必谦虚谨慎，战战兢兢，如履薄冰。

凶。困难时，要把苦难当成财富，多学习、多读书、多思考、多省察。天无绝人之路，人生的低潮也是人生的起点。要坚定信心，以百折不挠的精神在逆境中奋起。要提高化解风险的本领，妥善处理一切矛盾，逢凶化吉，避害趋利。

悔。不对时，要知错就改，有错必改。既要从客观条件寻找原因，更要从主观上予以改造，查找思想上的根源，自觉检查自己在身、口、意上的过错、过失，认识错误、分析危害、剖析原因，找准改正努力方向。要以真诚的态度、担当的勇气直面缺点和错误，改过自新。天不弃人，自胜者强。

吝。 不能时，要认识到人生充满遗憾，有得不到之苦闷，又有失去之痛楚。要把人生的遗憾、缺憾当成生活的风景线。遗憾是一种美，对己要有平常心，对人要有宽容心，做到包容、宽容、宽厚。名正实归，得不到、做不到、不成功的事，证明主客观尚有差距，时机条件还不成熟。属于你的，将会属于你；不属于你的，不要强求，得到也会有危险。

按 规 律 办 事

　　赵向进先生谈波尼亚企业管理之道，从技术创新、质量控制、基地建设、冷链物流、品牌价值、人才引进、国际合作、企业文化等方面娓娓道来，阐述波尼亚这个百年老店的魅力，企业长青、事业发展、人之成长，归根到底是按规律办事。

　　自然规律。规律存在宇宙之中，存在于自然世界之中，存在于时间和空间之中，存在于物质世界之中，存在于精神世界之中。用心观察，用力实践，用情相信，就会发现规律就在眼前，就在身边。**仰以观于天文，俯以察于地理，是故知幽明之故；原始反终，故知死生之说；精气为物，游魂为变，是故知鬼神之情状。**

　　社会规律。人是社会的主体，历史长河，曲折前进，熙熙攘攘，总有一种历史的必然、历史的力量和历史的逻辑。天地人三才，天地人心，为人处世，安身立命，总有许多相通相似之处。**与天地相似，故不违；知周乎万物而道济天下，故不过；旁行而不流，乐天知命，故不忧；安土敦乎仁，故能爱。**做到不违、不过、不忧、能爱，这是多高的智慧和境界啊！需要对规律的深刻认识、把握和运用。

　　科学规律。科学改变世界，技术推动进步。**范围天地**

之化而不过，曲成万物而不遗，通乎昼夜之道而知。以科学规律探索世界、认识世界、造福世界。世上没有绝对的真理，真理只在一定条件下相对存在。科学规律的发展蕴含着否定之否定的因素，是从低级层次向高级层次演变的过程。人对科学规律的认识也在实践中不断深化，形成理性的飞跃，使人类的思想从必然王国走向自由王国。

学 会 两 手

马征同志从威县回京，邀请海江、晓勇、振良同志到办公室交流，谈及基层工作，感到责任在肩，甜酸苦辣，苦乐同在。事物对立而存在，总在矛盾中发展进步 。**一阴一阳之谓道，阴阳不测之谓神**。做好基层工作，必须学会两手。

上下。争取上级领导和信任和支持，争取下面群众的理解和拥护。

左右。许多事情，往往是一半对一半，有支持你的人，必然有反对你的人，有赞同，就有反对。政治上的成熟就是朋友越来越多，对手越来越少。

前后。既要从历史上寻找依据和经验，又要从未来中找到方向和路径，从而坚定信心，处理当下。

内外。打铁还需自身硬，将自身建设成无坚不摧的堡垒，同时积极创造良好的外部环境。

正反。坚持奖惩并举，有奖有罚。抓好正面典型，发挥积极分子的激励作用，引导后进分子；严肃处置变质分子，警醒众人。

强弱。当力量足够大时，必然形成强大的威慑力。当条件和时机不具备时，就要示弱以求生存。星星之火，可以燎原。只要方法策略得当，弱可以胜强，想事做事，首先从易处着眼，弱处入手。

虚实。做到形式上的完美，同时心中有数。始终不忘初心，不忘本来，自觉发展壮大势力、实力。虚功实做，实事虚理，虚虚实实，变化无穷。

进退。敢于进攻，善于防守。既会做加法，发展事物，又要会做减法，防范风险。欲得之先予之，退就是进。懂得退，是眼光，是策略，是智慧。该进则进，该退则退，知止则安。

显隐。强化条件和时机意识，需要表现时才表现，不需要表现时就不要出头露面。谦虚使人进步，骄傲使人落后。谦逊为人处世，放低姿态，就会多些尊重和主动，少一些忌妒和怨恨。做人做事低调稳重，不要张扬显摆，不要四面招风，到处树敌。

好坏。交人处事，既要有好的愿望和努力，又要想到坏处的可能和风险的发生，提前做好预案准备，而不致事情糟糕时惊慌失措。将后果估计得严重些，脑子就会清醒些。

天 人 合 一

李健同志在木林工作时，我一直想找机会去拜访他，请教浅山规划建设，交流生态文明，探讨树与人生的道理。因工作忙碌，事务缠身，始终未能成行。

今年夏天，李健同志进步履新，我们约聚欢送，说起青春、基层、宇宙、大地、历史等诸多兴趣话题，相谈甚欢，久久共鸣。

如同树与人生，世上许多道理是相通的，生活中许多事情是相似的，要善于从大自然中寻找规律、汲取智慧、感悟方法。天地如一位不说话的智者，无声无息地驾驭大自然的运转。天如乾阳，**其静也专，其动也直，是以大生焉**；地如坤阴，**其静也翕，其动也辟，是以广生焉**。

天地是大宇宙，人是小宇宙，**广大配天地，变通配四时，阴阳之义配日月，易简之善配至德**。认识到天地特点和规律，运用之妙，存乎一心，我们对世上事情就会看得明白，做得出来，好得下去。

修　行

　　成性存存，道义之门。一个人的本领和业绩，既靠先天的天赋，更靠后天的努力。有偶然的运气，但更多是必然的拼搏。我们得来的一切，是修来的，而不是等来的，更不是从天上掉下来的。

　　林紫银先生在国外学习、工作、生活多年，养就刻苦耐劳、顽强拼搏、坚韧不拔的意志和品格。机缘巧合，我们有幸交流几次，深感林先生的事业心、责任心和务实合作精神。由此想到，人生就是一次修行，无论何时何地，做人做事，都要刻苦修行，才能达到勇猛精进的境地。

　　立志。立大志，思考我的一生怎样过，我人生的使命是什么，怎样实现我的人生价值才让我的生命有意义。立日志，每天早上起来，想一想这一天怎么过，想一想这一天最重要的事情是什么，如何科学安排好时间。立年志，想一想一年的目标是什么，春夏秋冬阶段性小目标是什么，采取什么措施才能实现这个目标。

　　强身。野蛮其体魄，文明其精神。身体是革命的本钱，是事业、生活、家庭的基础。没有健康的体魄，没有充沛的体力和精力，什么事都干不成，只能有心无力，望洋兴叹。必须加强锻炼，强身健体，养精蓄锐，处理好工作与休息的关系，做到身体健康，心情愉快。

长智。前途是光明的，道路是曲折的。理想是远大的，社会是复杂的。人，如同茫茫大海中的一叶小舟，又如同绵绵沙漠中的一只骆驼，要达到理想的彼岸，走出荒无人烟的沙丘，我们要有足够的智慧。用智慧指点迷津，解决平安和发展两大人生课题。相信，办法总比困难多一个。

知礼。礼之用，和为贵。学礼、懂礼、用礼，就会赢得社会的认同，从而减少人际矛盾，和谐处世。**知崇礼卑，崇效天，卑法地。**像大地一样，放下身段，放低姿态，放宽心胸，对人高看一眼，看高一尺。发自内心地尊重他人，是真诚的，而不是虚假的；是发自内心的，而不是装出来的。

躬行。实践出真知。要想找到世界的真理，就必须投身到真实世界中去。一切美好生活，都是奋斗出来的。积极投身于社会实践，发扬斗争精神，将青春写在大地上。什么事，不去做，永远成不了。努力去做，才知道事的味道，才体会到失败的痛苦和成功的快乐，才明白人生的真谛。

自省。既要事事总结，又要日日省心。夜深人静时，想一想一天学习、生活、工作的情况，以及所思所悟，所言所行，像放电影一样，像一面镜子一样，真实地面对自己，真诚地面对内心，仔细盘点一天的得与失。做到对的坚持，错的改正。通过自省自觉，唤醒自我，从内心深处寻找力量，坚定信仰，纵然大风大浪中，不忧也不惧。

一　言　兴　邦

　　语言是人类独特的功能，也是交流的工具。会说话、说好话是一个人安身立命的本事，也是做好工作、成就事业的前提。古语云：**言行，君子之枢机。枢机之发，荣辱之主也。言行，君子之所以动天地也，可不慎乎?**

　　顾幸伟同志是一位"话家"，我有幸随他去过广东惠州、揭阳、中山等地出差，在北京、广州等地一起开会，多次聆听他的讲话，有的在公众场合，有的是私人交流，无不讲得愉快，听得开心。通过坦诚交谈交流，他带给大家一种友谊、情怀、责任和思想，赢得大家的尊重和敬意，从而达到形成共识、互相帮助、合作共进的效果。

　　在与幸伟同志的多年交往中，我从他身上学习到，一个人会说话的背后，是一个人善良的心地、真诚的为人和思想的深刻，是对人生深切的感悟和对朋友真诚的关怀。每一次讲话交流，都是一次心灵的交流，是认真的而不是随意的，是坦诚的而不是轻率的。由此想到，学会说话，就要说自己的话，说经过思考的话，说要说到点子上，说到心坎上。说出情义、说出信任、说出事业。达到**二人同心，其利断金；同心之言，其臭如兰**的境界。

　　会说不是多说和乱说，而是该说的说，不该说的不说。**乱之所生也，则言语以为阶。君不密则失臣，臣不密**

则失身，几事不密则害成。是以君子慎密而不出也。所以说，在一定程度上，不说也是会说的一种形式。说和不说，因时因地，因人因事。用脑子去说话，就一定言之有物、言之有据、言之有理、言之有效。

心 中 有 数

数学是科学之母。通过数量模型和定量分析，我们对事物就能做出科学的判断。心中有数，说的是要有数的意识、数的思维、数的表达。

我小时候跟父亲去圩上卖菜，父亲称菜，我算账，母亲收钱。遇上圩日，集上人多，买菜人多，往往在上午十一、十二点高峰期，这时候要将大部分菜卖掉，否则就会剩下积货，所以父亲要求我要算得又快又准。我听父亲的话，往往父亲秤砣称好，我就能算出价钱来。有许多菜的品种，价格各不相同，对我是一种挑战，熟练之后，我就应付自如了。

小时候跟父亲卖菜的经历，让我对数产生兴趣，数学成绩一直很好，经常考满分。初中时，在冯汉梅老师的悉心教诲下，我参加全县数学竞赛荣获第一名，冯老师奖励我一根红薯。高中时，在杨庆松老师的精心指导下，完成了小论文《零在计算中的作用》，获得全市青少年科技发明创造二等奖，学校奖励我一支钢笔，至今还保存着。大学毕业参加工作后，从事全国水果生产宏观管理，经常要背诵数、记忆数、分析数，领导询问时，必须做到脱口而出、准确无误。

数是世界存在的方式之一，也是事物的表达途径。知

变化之道者，其知神之所为乎。从管理者的角度，做到心中有数，起码要熟悉本单位、本部门、本职工作中的以下三组数：

总数。这是对总量的把握，体现规模、范围、程度。量变引起质变，没有量的积累，就没有质的突破。

平均数。这是对事物一分为二的认识。平均代表一种均衡水平，平均线是分水岭。平均数上面是一部分，需要巩固壮大；平均数下面是一部分，需要提高、发展、补短板。

区间数。就是分开上中下、好中差，在不同的区间，出现数的组合。把握好区间数，有利于分类管理，分层指导，分步推进。

通 其 变

赵宝东同志来顺义看望我，我十分高兴。

我不禁想起我们一起推进农村共青团工作的情景。宝东原初在北京市昌平区工作，为人好、能力强、办实事，被组织选派到团中央任职，我有机缘配合他推动一些工作，如农村致富带头人培养、农村青年创新创业行动、银企合作、青年创新创业大赛、农业系统青年文明号等。我们共事十分愉快，开展的工作很有意义，从他身上学习许多做人做事的道理。

人的一生之中，可能会从事多种工作，在多个部门、多个地方、多个岗位工作，工作的对象、内容、性质都会有所不同。要想适应新环境、新文化、新任务，必须学会和运用正确的思想方法和工作方法，认识和把握事物的变化规律，既知晓事物的过去和当下，又能预见未来，准确把握事物的发生、发展变化过程。

总之，**通其变**，找出事物运动变化的轨迹，从而采取针对性的办法措施，这样工作起来得心应手，运用之妙，存乎一心。

洗　　心

欣悉蒋清林先生大力支持宋健雄先生发起的"乡村·中国梦"乡村青少年成长公益活动，我甚是敬佩和感动，为两位先生的义举致以崇高的敬意。由此想到，帮人、助人、成就人，先从爱人开始；修身齐家治国平天下，先从爱心开始。

洗掉冷心，做爱心之人。对生活以冷漠，生活将报以冰冷。心中有爱，眼前一路光明，周围一片温暖。爱人者，人恒爱之，爱人就是爱自己。

洗掉恶心，做善心之人。与人为善，以善的心境、言语和行为待人接物，坚决抛弃恶的念头，坚决不做损人利己之事。

洗掉私心，做公心之人。天下为公。心里想着众人，为众人做事，从公心出发，致力集体利益，为大众谋福祉，就会得到大家的支持和拥护。

洗掉骄心，做虚心之人。骄傲是人生的大敌，骄兵必败。骄心一起，眼中无人，眼空一切，得意忘形，忘乎所以，危险就来了。虚心使自己永远处于不足的状态，就能多学习、多进步。虚心还使自己处于低姿态，对周围给予仰视，自然就能多得尊重和信任。

洗掉杂心，做专心之人。杂思乱想，心浮气躁，见异思迁，无主意、无主见、无定力，终究一事无成。一心一意，聚精会神，专心致志，工作起来才有效率、有质量。一段时间内，只能有一个目标，集中力量做好一件事。把一件事从头到尾做好了、搞透了，道理自然明白了。

洗掉粗心，做小心之人。粗心出差错，大意失荆州。认识到社会的复杂，世事的艰难，小心翼翼地为人处世。临事做事，既要有好的愿望和努力，又要做好最坏的打算，预见风险和危险，防患于未然。

洗掉无心，做有心之人。随意做事与用心做事，结果截然不同。凡事要用心想一想，说经过脑子的话，做经过思考的事，体现严谨、缜密、细致的作风，努力达到完美至善的境地。要联系、辩证地看待问题，善于观察分析，能够从有形的实践中感悟到无形的道理。**见乃谓之象，形乃谓之器，制而用之谓之法，利用出入，民咸用之谓之神。法象莫大乎天地，变通莫大乎四时。**可见，自然界与社会生活许多方面息息相通。

心是宇宙，胸有乾坤。**阖户谓之坤，辟户谓之乾，一阖一辟谓之变，往来不穷谓之通。**每天夜深人静时，自觉洗一洗心，让心灵得到洗涤，回归平静，如婴儿一样纯洁赤诚又生机活泼。

形而上　形而下

形而上者谓之道，形而下者谓之器，化而裁之谓之变，推而行之谓之通，举而错之天下之民谓之事业。有幸随同钦阳同志向熊兴耀、赵庆媛老师请教形而上、形而下的学问。熊老师是国内外知名的马铃薯科学家，是我们的学业学术导师；赵老师是知名的工商管理专家，是我们的事业生活导师。

两位老师教诲形而上的要义是正道、诚信、德性。首先做一名正派的人，学习正确的知识，从事正当的职业，走正义的成长发展之路。其次要讲诚信，真诚为人，以信交人，实实在在，内外如一，长久如初。最后是自觉修行，提高品德修养，提高品格境界。**默而成之，不言而信，存乎德性。**

两位老师指导形而下的道理是健康、家庭、朋友、事业。拥有一个健康的身体，做到无病无痛、无牵无挂、无忧无虑、开心快乐。注重家庭建设，拥有一个和睦、和谐、幸福、温馨的家，书香门第、儿孙满堂、成人长进、其乐融融。拥有一些好朋友，知心知己，互相学习交流，互相帮助提高，友谊地久天长。拥有一份适合自身特点特长的工作，发挥聪明才智，为社会多做贡献，实现人生价值。

形而上是"体"，形而下是"用"。体用一致，重在实践。**书不尽言，言不尽意。**书和言有时达不到思想的深度、广度和力度。必须通过实践去完成思想的使命，发挥思想的功能和威力。**天之所助者，顺也；人之所助者，信也。履信思乎顺，又以尚贤也，是以自天祐之，吉无不利也。**

高　良　姜

北京起大风，气温骤降。

黄亮舞先生的电话问候，送来南方的温暖。亮舞原来从事香蕉种植，是广东出名的"香蕉大王"。近年来，立足雷州半岛的农业资源，开始推进产业转型升级，投资高良姜的生产、研发、加工项目，打造产加销、贸工农一体化的全产业链。他说，高良姜主要生长在徐闻，是当地的地理性标志植物。该作物生命力强，既可以作为食品佐料，又可以制药，还可以加工成饮片、饮料、精油等，其性温味甘，清凉解毒，有着奇特的功效。徐闻是长寿之乡，百岁老人多，专家说可能与日常生活中食用高良姜有关。

亮舞介绍，当地农民种植高良姜历史悠久，技术模式成熟，种苗成活率高。徐闻毗邻海边，发展高良姜产业，既可绿化植被，防风固沙，又能增加农民收入，有较好的生态效益、经济效益和社会效益，一举三得。过去，老百姓种植管理粗放，高良姜几乎没有加工，经济效益较低。现在引进先进加工设备，按现代农业的要求进行深加工、精加工，提高了产品的附加值，从而提升高良姜的产业化水平，逐步培育成一个富有地方特色的惠农产业。

我赞同亮舞先生的想法和做法。创业不易，发展尤艰。**刚柔为本，变通随时。**做农业企业面临自然风险、市场风险的双重挑战。在海边生活过的人都知道，香蕉最怕台风，一次大台风扫过，蕉园损失惨重。而高良姜属灌木，挡风能力强，恢复生长快，损失较轻。从种香蕉到种高良姜的生产变迁，就是根据当地资源优势和自然气候条件，及时调整产业方向，从而走出台风制约的困境。

作为企业家，要有济世情怀和社会责任感，将个人的事业与老百姓的利益生计结合起来，事业才能顺利、兴旺、长久。不仅要自己富，还要带动农民群众富。**何以守位，曰仁。何以聚人，曰财。**希望亮舞先生能够坚持这样的致富、帮富、共富理念，以企业的示范基地为依托，通过合作社的方式，带动农民一起科学种植，形成规模化、标准化的原料基地，与农民结成利益共同体，打造产业化联合体，共同将高良姜产业做大做强，做出品牌，做出特色，造福社会，为建设美丽中国、健康中国做出贡献。

出　　路

人生如旅行，总是从一段路走向另一段路，从这条路走到那条路，永远走在奋斗的路上，走向理想的征途中。

记得与建秋、姜锵、宏伟、志成、邱平、明峣先生一起交流过人生路的话题，说起我们每天都在赶路，在路上学习成长、在路上努力奋斗、在路上体会人生的意义。他们都十分优秀，青年才俊，有的从学者到企业家，有的从地方到国家部委工作，有的从中央国家机关到基层挂职锻炼，有的从金融投资转向实体经济，有的从工业转向服务业发展，都在各自领域上做出很好的成绩。

我们庆幸遇上一个好时代、新时代，尽管人生的际遇不同，但都找到各自的出路，在漫漫的人生路上，谱写青春年华，践行家国情怀。

在走路中，我们有时陷入困境，处于走投无路的境地，不知生存的出路在哪里；有时步入佳境，处于捧杀的瓶颈，不知发展的出路在哪里，不知如何破解困惑走出迷途。

穷则变。一生之中，有顺境，有逆境，时常有困境和瓶颈的穷极状况，这是生命力到一定程度的极限，是主客观条件不协调、不一致所引发的，往往是形势所迫、事态所急、人之所难。逆境中，不变就等于坐以待毙；顺境中，不变就将坐享其成、坐吃山空、因循守旧、腐化消亡。只有坚持变的信念，坚定变的信心，才能脱离这两种危险。

变则通。积极行动起来，在发展变化中创造机会、寻找机会、抓住机会，发现事物的薄弱点，找到突破口，从而走向光明和希望的坦途。发挥主观能动性，因地制宜，因时而动，因人而异，调动一切积极因素，促进客观条件变化，打破外部环境的制约，扭转变动局面，重新掌握主动权。坚信有变化就有机会，有思路就有出路。开动脑筋，从宇宙万物中寻找启示灵感，**仰则观象于天，俯则观法于地**，从人民群众之中寻找智慧力量，从内心深处坚定钢铁意志，**近取诸身，远取诸物**，想办法解决当下困难。

通则久。之所以通，是由于我们找到符合规律又切合实际的发展路径。我们的人生将处于一个新的起点、新的开始，又将迎来一个新的生命周期，进入发生、发展、成长、壮大的轨道。我们的事业将进入一个新的平台，建立起一种新的机制，构建起来一个新的循环系统，开辟新境界，夺取新胜利。**通其变，使民不倦；神而化之，使民宜之。**从变到通，从通到久，努力走好人生每一步、每一段路，让我们的生命一次又一次升华，在为国家工作、为社会造福、为百姓服务中实现人生的价值。

青 年 企 业 家

赖宇航、朱荣业、杨日奎先生来京交流，探讨海洋文明、产业融合、企业文化、管理创新、人才培养，有许多新视角、新观点、新体会，我从中看到新时代青年企业家对事业的不懈追求，对社会勇于担当的时代风采，也进一步思考什么是优秀企业家精神。

走自己的路。**天下同归而殊涂，一致而百虑**，百业有百家，行行出状元。结合个人实际，从现实出发，抓住机遇，找准事业发展方向，从适合自身条件的事着手，做有意义的事。每条路有每条路的风景，每个人有每个人的精彩。相信自己，相信未来，相信天道酬勤，坚定不渝地走好自己的人生道路。

不忧不惧。**日往则月来，月往则日来，日月相推而明生焉。寒往则暑来，暑往则寒来，寒暑相推则岁成焉。**事业总不会一帆风顺，人生不如意十有八九。事物总是波浪式前进，规律需要正反验证，事业在来回反复中进步。人生有起有落、有落有起。人生的低潮也是人生的起点，相信一切经历都是财富，在实践中总结经验教训，汲取智慧，增长才干，做到临事以敬，坚定从容，荣辱不惊。

能屈能伸。**往者屈也，来者信也，屈信相感而利生焉。尺蠖之屈，以求信也；龙蛇之蛰，以存身也。**大丈夫能屈能伸，该进则进，该退则退。做大事者，既要战略上的坚定，又要战术上的灵活。审时度势，退一步海阔天空；让一让，心平气和，和利众生。

远离是非之地。**非所困而困焉，名必辱；非所据而据焉，身必危。**以聪慧的眼光识人识事，识时识地，慎交友，交益友，择善地，居宜所，远离是非之地，远离是非之人。好的环境对人的成长至关重要，对干事创业也尤为重要。好的环境，庸人可以变成能人，人才辈出，事业兴旺发达；不好的环境，能人可能变成庸人，死气沉沉，事业一落千丈。所以说，创业一定要找准方向，找对地方，找好平台。

积善去恶。勿以小善而不为，勿以小恶而为之。**有不善，未尝不知；知之，未尝复行也。**作为青年企业家，自觉加强德性修养，德厚福泽，微财靠力（体力），小财靠智（才智），中财靠命（机会），大财靠德（品德）。每日三省吾身，检点身上的善恶过失，善的坚持，形成习惯，恶的去除，永不再来。再小的善也是善，再小的恶也是恶。每日积善行善，去恶除恶，坚持每天做一件善事，除掉一个缺点。这样自省躬行，长此以往，在人性中彰显德性光辉，一生光明正大。

居安思危。**君子安而不忘危，存而不忘亡，治而不忘乱。是以身安而国家可保也。**越是顺利时，越是容易放松警惕、放纵自己的时候；越是成功时，越是容易骄傲自满、目空一切、得意忘形的时候。所以，顺利和成功之时，也是离危险最近的时候，也是可能出现衰退转折点和失败的时候。为此，务必清醒警醒，自知自防，小心谨慎，如履薄冰。立志做百年企业，就要不忘初心，不忘艰辛，慎终追远，方得始终。

一视同仁。**君子上交不谄，下交不渎。**对上对下，对左对右，对内对外，做到无区别心，以诚待人，平等众生，始终是一副面孔，一种心态，像爱护眼睛一样珍惜个人和企业的信用。坚持实事求是，想问题，做决策，一是一，二是二，以事实、现实为依据，不夸大，不缩小。坚持求真务实，工作落实落地，项目扎实到位，不挂空挡，不留死角，干一件成一件。

见微知著。**其初难知，其上易知。几者，动之微，吉之先见者也。君子见几而作，不俟终日。君子知微知彰，知柔知刚。**事物发展总有一个过程，时间上从早到晚，空间上从局部到全局，程度上从小到大，不断发展变化着。要从小事看出大事，从苗头看出趋势，从当下看出未来，对于好的"几"，要抓住时机，积极引导扶持，做未来的事业；对于坏的"几"，要将隐患消灭在萌芽状态，防患于未然。总之站得高，才看得远。善于察觉，准确判断，科学预见，果断决策，积极行动。

三思而行。**君子安其身而后动，易其心而后语，定其交而后求。君子修此三，故全。**学会先后，是一门功夫。处事稳重，才让人放心，赢得信任。讲经过思考的话，才显得成熟。经过选择的朋友，才能靠谱，合作进步。

安

　　刘芳同志来京出差，专程看望在北京工作的广东青年，就大家关心的家乡发展、基层工作、青年成长等问题进行坦诚交流，以丰富的工作阅历和人生经验给予指教，并挥毫写下一个"安"字，既有让大家安心工作、安居乐业的期许，又有平安、安全、安康的祝福。我们深受关心，备感温暖，深表感谢和敬意。

　　安是人生大课题，也是一生大学问。在学习、工作和生活中，我们要有安的意识、安的办法和安的保障。

　　彰往而察来，而微显阐幽。善于从历史中学习智慧，从实践中总结经验，面向未来，适应潮流趋势，始终与时代同步。既要从以往成功典型之中学习做法经验，又要从过去失败的案例中反思借鉴，避免别人的错误，前车之鉴，后事之师。善于从微小的苗头中看到危险的存在，找出问题，清除隐患，防患于未然。构建全天候的安全组织体系和工作机制，制订科学严密的应急预案，牢固树立安全第一、平安至上的思想，建立健全万无一失的管理网络。

从学"问"开始

应邀为给北京城市学院 2017 级 MPA 专业的同学做一次学术辅导交流，于是我与大家聊一聊关于学"问"的话题。

我说今天与大家交流的主题是学习从学"问"开始，就是说学习首先要学会问，要把好奇心贯穿学习的始终，头脑中始终有个问题，做到**君子学以聚之，问以辩之**。

我们为什么要学习？一是谋生，通过学习获得知识，提高生存发展的技能和本领。二是谋乐，通过学习求知，探索真理，开阔眼界，开阔胸襟，升华品格，陶冶情操。

学习一定要学到底、学到手、学到家。学到底，就是要坚持学下去，从头到尾，不能半途而废，如读书要读到最后一页。学到手，就是要把书本的知识变成实践的技能，把别人的本事转化为自己的本领，做到**不可为典要，唯变所适**。学到家，就是要学深学透，批判继承，吸收创新，形成自己独到的见解，创新建立理论体系和逻辑框架，成为一家之言。

学习中一个很重要的问题就是会"问"。问题从哪里来呢？《论语》说"博学而笃志，切问而近思"，就是说作为学者，我们要联系自己当前的学习、工作、生活、思想等思考问题，提出问题。问题要问到点子上，这需要独到的眼光、深刻的思考和良好的素质，同时还要有敢于质疑、善于提问的勇气。提出问题就等于找到答案的一半，所以问十分重要。问题怎么问？怎么答？这过程就是一种学习，要有换位思考的意识。面对一个问题，要想到如果是我，我应该怎么问；同时还要思考，如果是我，我该怎么答。这样，在问与答的思辨中把问题升华。

路　与　位

　　欣悉黄宸先生将赴更高、更大平台上发展，施展才华，深表祝贺。黄先生是中山大学博士，学识渊博，学业专注。我们认识多年，每一次相聚交流，黄先生言谈举止自然得体，体现良好的教养。由此我想到，人生漫漫，每个人都有自己的路，每个人都有自己的位置，如何走好人生之路，履行好人生责任，是一生的课题。

　　找对路径。规律存在于事物，事有其由，物有其所。在一定条件下，存在就是合理。故此，天道、地道、人道，人们称之为"三才"。规律还体现于事物的运动变化之中，**天道有昼夜日月之变，地道有刚柔燥湿之变，人道有行止动静、吉凶善恶之变**。认识和掌握这个变化规律，就找到了我们前进的路径。遵循规律办事，我们就会少走弯路，事半功倍。

　　找准位置。**文不当，故吉凶生焉**。俗话说，做人做事要做到位。做不到位，等于白做甚至产生负作用。做到位首先要认识到人和事有上下、左右、前后、内外、大小的结构布局，从而找准自己在其中的位置，说符合自己身份的话，做符合自己职责的事，不失位、不逾位，做到恰如其分、恰到好处。无论我们在家庭，还是在单位、在社会，都要清楚自己的位置角色，尽心、尽力、尽职，做到仁、义、礼、智、信。

一 带 一 路

毅斌、杨涛和我向赵艾、陈冬老师请教"一带一路"，很受教育启发。作为青年人，要把人生奋斗融入国家战略和时代潮流之中，将个人命运与国家命运连在一起，人生的舞台才大，人生的路才宽，人生的光才亮。

中国发起的丝绸之路经济带、21世纪海上丝绸之路，秉持和平合作、开放包容、互学互鉴、互利共赢的理念，全方位推进务实合作，实现政策沟通、设施联通、贸易畅通、资金融通、民心相通，打造政治互信、经济融合、文化包容的利益共同体、命运共同体和责任共同体，是促进共同发展、实现共同繁荣的合作共赢之路，是增进理解信任、加强全方位交流的和平友谊之路。

民心相通是"一带一路"建设的社会根基，文化交流是民心相通的重要途径。传承和弘扬丝绸之路友好合作精神，广泛开展学术往来、合作办学、互派留学生、文化年、艺术展览、广播影视、精品创作，联合申请世界文化遗产和共同世界遗产的联合保护工作。文化交流首要是人的交流，建立艺术家、文化界、艺术圈、专家学者常态化的交流机制。

共建"一带一路"是中国的倡议，也是中国与沿线国家的共同愿望，欢迎世界各国和国际地区组织积极参与，共创美好未来。美好的未来如美好的人生，起步不易，行远尤艰。**危者使平，易者使倾，惧以始终，其要无咎。惧其始，使人防微杜渐；惧其终，使人持盈守成。**只要各国齐心协力，不忘初心，慎终追远，就一定能创造美好未来。

为弘扬"一带一路"文化，大家建议推动"一带一路"进校园，建立"一带一路"大学智库，通过开展"一带一路"课题研究，组织"一带一路"研讨会，以及培养"一带一路"专业人才等措施，为"一带一路"建设提供智力和人才支持。

爬　山

夫乾，天下之至健也，德性恒易以知险；夫坤，天下之至顺也，德性恒简以知阻。山，顶天立地。人生旅途，如同一次又一次的爬山之旅。

林荣卫先生和我都有共同的爱好：爬山。我们有时交流爬山的感悟和体会，常有许多共鸣，林先生是兄长，走过的路多，爬过的山多，对爬山认识更为深刻。

起之易，行之难。爬山之前总是信心满满，豪情万丈，走过一段，才知理想与现实的不同。抬头一看，山峰触手可及，真正走起来，一段又一段，高峰仍在头上，还是那么遥远。腰酸背痛，脚沉如铅、气喘吁吁，有时真想放弃，可是我们已在路上，再苦再难，都要咬紧牙关、拄杖前进。相信坚持就是胜利。

天之高，地之广。经过艰辛跋涉，终于登上山峰。山高人为峰。站在山顶，我们蓦然回首，回想走过的路，洒下的汗水，一幕又一幕，如一道一道风景，更是自己的一次又一次超越。站在山顶抬头望天，才知天之高，人之矮，山外有山，唯有谦卑敬畏。站在山顶，才知地之广，人之小，如一棵无名小草、一粒尘埃，唯有自知量力，尽心尽力，问心无愧。

顺利爬上去，还要平安走下来。高处不胜寒。爬到山顶，不是爬山的全部，只是完成使命的一半。爬上去靠决心、靠能力、靠意志，平安走下来更要靠智慧、靠朋友、靠路径。需要准备用一半的力量，或者积蓄更大的能量，才能平平安安走下来。趁天气好，光线亮，看得见回家的路，我们不要贪恋美景，不要陶醉山风，不要背负山珍美味，学会放弃放下，小心翼翼地，平安回到地上来。这样，爬山才是圆满之旅。

怎 样 当 领 导

　　领导力是一个人十分重要的能力。领导有狭义之说，如行政领导，单位负责人等；也有广义之称，如家长。有的人现在已是领导，有的人将来成为领导。学会当领导，当好一名领导是人生的必修课，是一门学问，一门艺术。成为一名优秀的领导者，人生一定很多精彩。不会当领导，人生可能许多坎坷。

　　工作以来我有幸多次随同部领导出差调研，参与研究制定相关产业政策，请教学习工作中的困惑，反复思考领导的指示和要求，从实践中体会领导做出的正确决策，深感领导的崇高品格、眼光、胸怀和智慧。从他们的言传身教和自己的耳濡目染中，思考领导的基本素质能力是什么。

　　得人心。**能说诸心。**以老百姓拥不拥护、高不高兴、满不满意为根本工作标准。老百姓高兴的就去做，老百姓不高兴的就马上改，以实际行动、真抓实干取得老百姓的支持。

　　知民意。**能研诸侯之虑。**老百姓的需要就是工作的需要，就是工作的方向和重点。要深入基层、深入实际、深入老百姓，了解老百姓的所需、所盼、所求，畅通民意反映渠道，汇集民意诉求，做到事事有回音，件件有着落。

懂人情。**变动以利言，吉凶以情迁。是故爱恶相攻而吉凶生，远近相取而悔吝生，情伪相感而利害生。**与老百姓打成一片，懂得人情世故，爱民亲民，手拉手，心连心，鱼水情深。

明利害。**定天下之吉凶。**站在大局和战略的高度，抓住主要矛盾，认清事物发展趋势，分析事情的利弊，准确迅速做出判断，果断做出决策。多做有利众生之事，做好民生之事。

出主意。**变化云为，吉事有祥，象事知器，占事知来。**认识事物发展变化规律，把握事情的本质要求，坚持历史与逻辑的统一，坚持理论与实际相结合，对未来做出科学的预见，明确发展目标和思路，研究制定工作方针和措施。

会用人。得人者得天下，事业兴旺靠人才。用人首先要知人，做到知人善用。一个人怎么样，先听一听。话由念起，相由心生。**将叛者其辞惭，心中疑者其辞枝，吉人之辞寡，躁人之辞多，诬善之人其辞游，失其守者其辞屈。**与人谈话，听清情况，听明来意，听出水平。再是看一看，看看他在实践中工作怎样、表现如何，老百姓的评价怎样。然后再考一考，放在艰难险阻、急难险重的地方、岗位考验，在重大利益、危急关头考量，通过给平台、压担子，使优秀人才脱颖而出。

做示范。**成天下之亹亹者。**领导首先要做到"领"，即带领，身体力行，率先垂范，做出表率，带动老百姓一起干；其次领导要做到"导"，即指导，指方向、教方法，加强沟通交流，统一思想认识，集中百姓智慧和力量，齐心协力，为共同事业努力奋斗。

和 顺 古 镇

冬天到了，天寒地冻。几年前的一个冬天，我到云南腾冲，在和顺古镇找了一家客栈住下来过冬。

古镇古老又宁静，似乎到了一个世外桃源，这里有金黄一片的油菜花，上百年的古建筑依山而建，许多老屋开了商铺，当地老乡摆些摊点，卖吃的和民族手工艺品，宅院不时响起爆竹声，处处洋溢着祥和过年的气氛。

我上午睡到自然醒，中午到镇里转转，午饭后回到客栈晒太阳一直到下午。客栈有两层木楼，我住二楼，房东住一楼，门口是一个大水塘，湖光闪闪。我常望着湖面发呆，忘了身是客，忘了工作，忘了心头杂事，不知不觉一天又过去了。夜里，出来看星星，走家串巷体验下古镇的夜晚，八九点钟人就少了，自己走在路上，树高影黑，偶尔有一丝丝小虫的声音，叫人心惊，却也不怕。

和顺古镇完整保存下来，让后人有机会感受到民族文化的源远流长和辉煌灿烂。**和顺于道德而理于义，穷理尽性以至于命**。在和顺的日子里，我时常想起人与自然、民族文化与历史传承、天命不息与奋斗不已的问题，也思念云南的好朋友——王平和先生。后来，我们在昆明相见言欢。诗和远方，令人向往；书与朋友，叫人心醉。

生 命 的 意 义

周末，韩凯儒、洪天启先生邀请我去参加圣盈信科技新闻发布活动，了解到通过高科技手段，借助互联网、物联网技术，可以将楼宇与世界互联互通，使每块楼宇墙体成为高清媒体，这样，楼宇成为会说话的生命体，成为通往世界的窗口。我们都感叹真是遇上好时代、新时代，惊叹科技改变世界，科技颠覆传统，科技创造美好生活。

世界是冰冷的，又是温暖的。之所以冰冷，是由于没有发现日常所见所存在的生命。如果我们赋予一切以生命的意义，则这个世界是温暖的。女儿小时候对我说过："爸爸，我觉得世上的东西都是有生命的，太阳白天出来，夜里不见了，而月亮星星跑出来了，天空有时下雨哭了，小鸟会叫，小树长高了，石头不会说话，可会变色变老，石头也是有生命的。"我想，在女儿的眼里，世界是温暖的，它们都是有生命的。

万物皆有生命，生命皆有价值。**雷以动之，风以散之，雨以润之，日以烜之，艮以止之，兑以说之，乾以君之，坤以藏之。**我们用生命的眼光，去发现意义、赋予意义、创造意义，做有意义的事，担负起有生命觉醒的人生使命。

家

昨夜梦见父亲，憔悴又慈祥的样子，我猛然惊醒。

早上起来，赶紧给千里之外的母亲打电话，悉知一切安好，心才放下来。**伤于外者必反于家。**我 10 岁离开家到陈村中学上初一，寄宿就读，从此天涯孤旅，离开家乡在外求学、工作、生活，不知不觉过了 30 多年。随着年龄的增长，对家乡十分怀念，对家的感受也更加浓烈深切。家是一首思念的笛歌，常在夜深人静时响起。

小时候，家是爹娘，有时玩得不知归家。

读书时，家是学校，学校是家。

工作后，家在办公室，经常加班加点，趴桌子、睡沙发。

结婚了，老婆孩子是小家，父亲母亲是大家。

再后来，父母成为思念的家，千山万水，隔万重，一年见不上几次面。

我们老了，儿女就是家，多希望他们回家看一看，吃吃饭，说说话。

相 因 相 反

　　浩颖女士、铭浩先生过来，一起交流小孩教育成长话题，他们说努力工作，创造条件让小孩从小接受良好的中西方教育，从小培养小孩独立思考、独立自主的能力，较好地掌握中文、英文，既能适应融入世界潮流，又传承发展中华文化的根和魂，将来成为一个学贯中西、文理兼通、艺技一流的优秀复合型人才。从孙女士、李先生真诚、朴实、自信的话语中，可见对孩子教育是多么的用心尽心，爱之切切，望之高高。

　　世上的事总是相因相成。父母是孩子的第一个老师，是孩子的一面镜子。父母言传身教、言行举止、音容笑貌，深深烙印在孩子幼小的心灵上。父母是孩子成长的模范，童年是孩子一生的记忆。家庭是孩子健康成长的摇篮，温馨的家庭氛围，如同阳光雨露，让祖国的花朵苗壮成长。有了父母这个好的因，就有了孩子成长的果。

　　世上的事常会**相成相反**。好孩子在父母家庭的教育下，长大成人，不仅学会感恩父母，更重要的是要报答社会，成为对国家有贡献、对社会有作为、对老百姓能造福的人。这种教育的溢出效应，更多是对社会做贡献。小苗成长为大树，为世人遮风挡雨。这就是当初教之因、育之果、爱之功。

道　　道

　　豆丁考上清华大学，阿柱、凤忠、我三家约一起茶叙，祝贺豆丁通过努力拼搏实现高考理想，祝愿浩浩、女儿高考成功。豆丁，我看着他从小长大，如他父亲一样优秀，是一个有理想、有追求、勤奋好学、刚毅勇敢、孝顺礼貌的好少年。豆丁在北京五中就读，成绩一直在全校名列前茅，并在国家中学生化学竞赛中获奖，此次放弃学校保送复旦大学的机会，执意报考清华大学，认真复习备考，功夫不负有心人，终于成功了。成功的背后体现出一种勇气、决心、自信和实力。我想，这些好的品质将伴随豆丁从胜利走向新的胜利，一步一步地实现人生的理想。

　　道可道，非常道。每一次成功的背后都是百倍的付出，每一个人的成功，都来之不易，甜酸苦辣，冷暖自知。只有坚持不懈地奋斗，才可能将偶然的运气转变成必然的成功。一切成功的背后，都有其道道，道是什么？

　　道是理。学习新知识，解决新问题，完成新任务，首先要掌握方法和规律，如同牵牛要牵住牛鼻子一样。既要懂得普遍规律，还要了解特殊规律，在把握事物共性和个性上下功夫。

　　道是路。路是人走出来的。每个人，一生之中，常面临许多选择，如同旅途中经过的三岔路口，站立凝望，我将走向何方？常常转头回望，我从哪里来？自然就知道我该到哪里去，义无反顾地选择属于自己的路，一步一步地向前进，再苦再难，亦不后悔，始终听到理想的呼唤，始终相信路在脚下。

道是义。妙笔著文章，铁肩担道义。人来到世上，自然有了一份责任。对人、对事、对家、对国，这种责任就是担当和正义。把责任扛在肩膀上，做正直的人，做正当的事，不忘本，不怕难，不信邪。义之所至，道之所为。

道是力。真理就是力量。谁掌握真理，谁就掌握武器。道理厚深，能使我们办法多多，力量多多。只有苦下功夫，下苦功夫去学习真理，才能认识真理、掌握真理、运用真理，从而做好工作，推动实践。

包　子　铺

　　一天上午，我路过麦子店街，肚子饿得慌，便到旁边庆丰包子铺买了一碗南瓜粥，正喝着，听到门口有"饿了，饿了，帮帮我"的声音，转眼一看，见到一位衣着褴褛的老人站在店门口乞求。我于是走到收银台跟经理说，请卖1份包子和粥送给门口的长者，我付钱。经理说，谢谢，店里一会送他馒头和粥。我再三请求为老人买单，店经理谢绝了我的请求。过了一会，服务员给门口老人送去馒头和粥，并提醒他小心烫着。这时我也喝完粥了，出门时，我将我钱包里的纸币给了老人，他连声道谢。我还看到，老人旁边有一个小拉车，堆满了捡到的纸盒子和饮料瓶，我想到，可能今天老人未能将废品卖出去，身无分文，只好到庆丰包子铺乞吃了。我一边走，一边祝福老人一切安好，感谢庆丰包子铺对老人的帮助。遗憾的是自己平时习惯用微信支付，身上很少带现金，要不多给一些给老人。

　　每个人，内心都有一颗慈悲心，扶贫济困救急，是应有的责任和义务。这种善心，是发自内心的呼唤，这种付出是纯粹的，不求回报的。帮助他人，要从小事做起，从一点一滴做起，从日常的遇见做起。**有无相生，难易相成**。有善心，就会见到可以帮助的人和事；没有善心，就会见不到应该帮助的人和事。所以说，善从心生。做一件善事不难，难得做一辈子的善事。但是，再难的事，只要坚持不懈，日积月累，久久为功，一定成为易事。

圣人处无为之事，行不言之教。今天我看到庆丰包子铺服务员递给老人食物时，态度是热情、平等、和蔼的，眼里没有怜悯，语气里没有厌恶，直接感受到百年老店为老百姓服务的经营理念。对我来说，这是受一次不言之教。人活世上，自己活得好，还要让更多人过得好。这既是活着的价值，也是生命的意义。每天，我们都会看到、听到、经历过一些事情，用善的尺子去量量，做到见贤思齐，见不贤而自省。那么，我们的心胸是开阔的，心情是愉快的，心境是光明的。

生而不有，为而不恃，功成而弗居。日常生活中，萌生善念，做点善事，一定要认识到这是应该的社会责任，而不是向他人和自己吹嘘的借口。行善者行天下，做个好人，存点好心，做些好事，日日用功，功到自然成。

健　康　体　魄

近来，小腿有点疼，咨询林英钊先生，林先生不愧为专家型的企业家，见多识广，听了我的情况介绍后，从饮食、晒太阳、运动、睡眠、情绪等方面提了一些意见。我按他说的方式调理一段时间，腿疼基本消失。从中体会到，疼时方知不疼好。人到中年，上有老、下有小、内有家庭、外有工作，身体健康是第一责任。拥有健康的体魄，是对自己负责，对家庭负责，对单位负责，对事业负责。怎样才能做到身心健康、体魄强健？

虚其心。排除一切私心杂念和投机巧技，坚决扼杀恶的念头，让善良、正义、勤奋、真诚、爱心、助人、宽容填满心胸，彰显德性的光辉。

实其腹。饮食有节，起居有时。多吃水果、蔬菜，粗粮淡饭，适当控制肉食。不可暴饮暴食，更不胡塞乱吃，能管住嘴巴，每天有一点点饥饿感。

弱其志。就是要树立正确的人生志向，这志向是从实际出发，符合本人的能力和条件的，而不是好高骛远，眼高手低。这样做到上进心与平常心的协调一致。

强其骨。骨骼强壮是身体好的物质基础，好比建筑物中的钢筋结构。人从小到大，骨骼有生长、定型、衰老的过程，骨密度也会出现变化。适应身体生长规律，做到劳逸结合，保护好筋骨。

灶 王 爷

腊月廿三，农历小年。

我们到顺义区张镇莲花山参加第二届北京顺义灶王爷文化节，观看了以灶王爷为主题的文化创意作品展，慰问了现场艺术家和老百姓，互相祝福问候。

文化节活动精彩芸呈，展现了深厚的灶王爷乡土文化和非物质文化遗产传承人的高超技艺，许多作品和节目都是当地群众创作的，还有专业滑雪队员表演，处处洋溢着浓浓的年味。

灶王爷是顺义的一张文化名片。据专家考究，中国的灶王爷文化源于张镇。过年祭拜灶王爷，是中国百姓和海外华人的春节传统祭拜祖先节目。我从孩提起，每到大年三十，就跟着父母亲，先到厨房灶台，呈上贡品，燃香烧纸，虔诚祭拜，感恩灶王爷，祈祷新的一年，国泰民安，风调雨顺，五谷丰登，全家幸福安康，老人纳福长寿，小孩成人长进。

民以食为天。吃饱饭、吃好饭，是一个人每天都要面对的事情。无论是达官贵人还是普通老百姓，吃好吃出健康，是日常的人生需要，灶台连着胃口和健康，几乎每天都要面对。所以敬奉灶王爷就是祝福健康平安。

由此想到，吃喝拉撒，本质是一种物质生活，背后又是一种精神信仰。这种信仰，存乎于每个人的心中，在一定时空中、环境里，不知不觉地出现，如同一个声音在呼唤，又如同一盏明灯在指引。犹如生活中的许多道理。**道冲，而用之或不盈。渊兮似万物之宗；挫其锐，解其纷，和其光，同其尘，湛兮似或存。**

信仰给人希望，给人勇气，给人力量！

守　中

多言数穷，不如守中。

漫漫人生路，面对外面精彩又复杂的世界，怎样安身立命，又如何奋发有为。这是我们时常思考的一个问题。

心中有信念。相信存在的合理，相信生命的价值和奋斗的意义，相信一切美好生活都不是天上掉下来的，而是靠勤劳的双手拼搏出来的。信的力量，让我们不怕困难，坚韧前行。

做人要中正。站得正，行得正，堂堂正正。是就是，非是非，对是对，错是错。立在天地间，挺直脊梁，不偏袒，不斜视。做人做事坚持实事求是，诚心实意，实实在在。对上对下，对左对右，一视同仁，人前人后一个样。

处世要中和。以善良心、慈悲心、平常心、宽容心待人接物，以己及人，将心比心，博爱大度。做事敲其利害两端而求中，公平合理，切合实际，既可能又可行。思想不偏激，不走极端，不孤芳自赏，不愤世嫉俗。

专 心 致 志

袁建康先生来京出差，抽隙交流，悉知他的事业又有新的发展，甚是欢喜。

几年前，我们去过广东河源市考察现代农业示范区，其中看了袁先生的养猪项目，当时工程正在上马，土建刚完成。我们站在山岗上，看见饲料厂、猪栏、检测所等设施正在抓紧施工。当地同志告诉我们，袁先生在广州、深圳和海外投资畜牧业，以养猪为主业，把猪产业做得风生水起。为积极发展河源当地生猪产业，帮助带动老百姓增收致富，当地政府通过招商引资，引进袁先生回河源投资，计划按照高起点、全产业链打造的标准，做强做大生猪产业。当时听罢，我们都为之振奋，更祝愿这个目标早日实现。

此次，袁先生介绍说，目前这个项目已投产，部分产品出口到香港，企业已走上新的发展轨道。他说，这些离不开国家、省、市各方面的大力支持，也是团队扎根农村，专注农业、专业养猪、专心做实业，不懈奋斗的结果。

袁先生谦逊地说，项目刚刚起步，目前市场前景较好，公司正在加大科技创新投入，引进高层次人才，对接资本市场，提升产品质量，努力成为行业领军企业，做成百年老店，一门心思为农民养好猪，一心一意让市民吃上营养健康美味的猪肉。

一头猪，一个大产业。猪，一头连着农民，一头连着市民。这个产业的稳定发展，关系到老百姓的生活，是社会民生工程。这需要一大批懂养猪的专业户，更需要一些有社会责任感的企业家，将养猪作为毕生的事业追求，真正为民造福。

一个人，如有大格局，入门可变专门，小事做成大事。事业长青，在于看到哪扇门，敢于推开哪扇门，专心把好哪扇门。**玄牝之门，是渭天地根。绵绵若存，用之不勤。**

天 长 地 久

　　著名医学家、国家器官移植委员会主任、卫生部原副部长、中央保健委员会原副主任黄洁夫先生来到北京城市学院顺义校区，在潮白讲堂为师生做了题为《中华传统文化与中国器官移植事业》的报告。

　　我现场聆听了黄洁夫教授的报告，为黄教授救世济人的高尚情操而敬仰，为黄教授一辈子干好一件事、干成一件大事的事业追求而感动，为黄教授淡名泊利的人格所教育，他不为一时一事、一得一失，而是安身立命，悬壶济世，天长地久，受到社会和百姓的广泛赞誉和敬重，做到了**圣人后其身而身先，外其身而身存**。黄教授已七十二岁高龄，一个多小时的报告交流，他思路清晰，博引群典，古今中外，从理论到实践，娓娓道来。我们听得津津有味，兴犹未尽，深受教诲，倍受启发。

　　听君一席语，胜读十年书。自觉向长者学习，向智者学习，向成功者学习，向老百姓学习，是不断提高自身的有效途径之一，也是通往未来成长之路。聆听了黄教授的报告，结合自己的思想、工作实际，有许多感受和体会，兹记如下：

　　志向。人来到这个世上，匆匆几十年甚至百年，一晃就过去了，如沧海一粟。不枉来世上，不虚度一生，就要从小立志，思考成为一个怎么样的人，为国家、社会和老百姓做点什么样的事业，如何过好这一生？从而确定人生的志向，让梦想的灯塔指引前进，努力奋斗。这个志向是建立在强烈的社会责任感和历史使命感之上的，而不是私心、私利和私欲，为公而生、为公而死，才能地久天长。

支点。治学找到专业领域和主攻方向，一头扎进去，一辈子搭进去，做深做细做精做强，秉承科学精神，真才实学，真抓实干，真正成为学科带头人和公认学术权威。

试点。新事试一试，大事试一试。通过试点试验，总结经验，对的坚持，错的改正，然后再逐步扩大应用范围，让我们的事业建立在科学理性的基础之上，决策更加切合实际。

高点。许多工作和想法，需要经过一定的法定程序，需要符合相关规定，需要上级部门和领导的批准、有关部门的支持，需要必经的会议决定和文件印发。这样，才能事出有因，行之有据，推动有力。

理论。对于一项事业、一个规划，能够从理论上说得明白，从而提高科学分析能力，加强顶层设计。一件工作、一段实践，也能够从理论上做出理性概括，形成理论体系，从而指导新的实践。

职能。处理事情，首先要明确权力和责任，明确权利和义务，明确上下权限和左右边界，规定什么事可以干，什么事不可以干，谁去干，怎么干，干好怎么办，干不好怎么办。切实做到事事有管，人人有责任。

机构。建立科学合理的组织机构和工作体系，包括横向的和纵向的，形成网络化。做到研究、决策、执行、监督四分开，运转协调有序，互相支持配合，形成组织合力。

制度。制定一系列的规章制度，形成制度体系，靠制度去管人管事管物，树立制度权威，强化制度意识，加强制度监督检查，确保制度落实到位。

基地。医院是医学事业的基地。对于其他工作，必须具备有形的依托载体，将论文写在大地上，建立一批看得见、摸得着的平台。

宣传。充分利用各种媒体特别是新兴媒体，讲好发展故事，靠宣传去动员人，感动人，影响人，引导人，提高人，对内凝心聚力，对外营造氛围。

联盟。以开放、开明、互惠、互利的出发点，善于团结一切社会力量，争取各方面的支持，建立产业发展联盟。以联盟为纽带，积极搭建平台，以平台凝聚资源，靠资源服务事业。坚持互联互通，彼此信任支持，共同推动事业发展。

基金。事业的成功，除天时、地利、人和，除了人力、物力之外，还有一个重要的因素，就是要有雄厚的财力保障。通过政府政策资金支持，动员社会力量积极参与，建立一个基金会，按照现代金融规则去运作，从而支撑事业发展。

国际。树立国际视野和世界眼光，善于用全球化的思维去观察事情，学习研究国际标准，按国际标准和方式去交流交往，坚持开放、包容又能独立自主，既能融入国际大家庭，又能引领世界潮流。

技术。科学技术是第一生产力。科学改变世界，技术提升品质。无论从事哪个行当，一定要有核心竞争力。其中，最重要的是核心技术。我们要拥有独创的、先进的硬核技术，才不受制于人。

人才。天下是人打出来的，事业是人干出来的。没有人才，许多事情就办不成、干不好。有了优秀的人才，事业将不断发展。要爱才、识才、育才、用才，靠人才推动事业，靠事业成就人才。

实践。实践是检验真理的唯一标准，实践是将理想变成现实的唯一途径。有了好的梦想、好的思路、好的想法，就要赶紧去付诸实践，迅速行动起来，千方百计干出来，攻坚克难干成功。

理念。黄教授报告中反复说器官移植事业的理念是让生命在阳光下延续。同理，在实践中，我们要形成一些工作理念，可以是一句话，也可以是一个字、一个词，既简单明了，又能直抵人心，见心明性，从而使事业有了精气神，奋斗有了灵魂。

标准。根据工作需要，科学制定一套标准和流程，提高工作质量和效率。通过标准宣贯，促进工作，可示范可复印可推广，同时培养一批专业化合格人才。

社会。我们的事业，来自社会，为了社会。既为社会服务，又需要社会支持。各项工作得到社会和老百姓的认同、拥护和支持，才可能做大做强做久。

生命中的贵人。帮助别人就是帮助自己，扶危济困、救难救急是中华美德，将帮人助人成就人作为人生的价值观，让善良和慈悲充满心灵，让人性的烛光照亮生命的旅程。人生路上，我们遇到许多生命中的贵人，感激不尽，感恩一生。怀恩感恩，我们也要成为别人生命中的贵人，一生不变。

上 善 若 水

五一劳动节，滕勇同志来电问候，甚是惊喜欣慰，彼此相聊甚欢。我们是多年的老朋友，许多年前在团中央一次会议上认识，之后一直保持联系和友谊。滕勇人如其名，好学上进又仁勇仗义，才华横溢又劳谦君子，在青年工作、新闻宣传方面，我常请教于他，屡有收获启发。滕勇先生和一批优秀青年的身上，他们有共同的"水德"。

上善若水。 有志于高尚品格的人，有志于崇高的事业，为人处世，做人做事要像水一样，默默耕耘，奉献付出，川流不息。

水善利万物而不争。 胸怀天下，心系苍生，勤勉敬业，滋润万物而无声无息。大公无私，利他利物，无私无我。以大众的利益为重，以他人的利益为先，不争不抢，不贪不占，舍己为人。

处众之所恶，故几于道。 人有好恶，事有利害。趋利避害，贪生怕死，是人之常情，人性使然。事物总是对立而存在，有高有低，有得有失，有易有难。真正的英雄，就是在急难险重面前敢于担当，奋不顾身，冲锋在前，体现我不下地狱谁下地狱的英雄气概，所以他看见了真相，进一步揭示了规律。

居善地。找到适合自己发展的地方，远离是非之地。找准自己的位置，不逾线，不过界。正能量的地方一定充满正义，正气浩然，一定是干事创业又能成长成才的地方。没有好的土壤，再好的种子也发不了芽。有好的土壤，处处阳光灿烂，草长莺飞。

心善渊。心地善良，虚怀若谷又富有涵养，虽感情丰富又能做到不露声色，始终温和恭敬，和颜悦色，庄重稳重，顶天立地。

与善仁。待人处世，慈悲为怀，仁者爱人，帮人助人成就人，做到达则兼济天下，穷则独善其身。以自己的烛光点亮别人的灯光，以自己的光明照亮别人的前程。

言善信。重信义，讲信用。讲话算数，说到做到，不讲假话，不骗人，不自欺。言之有物，言之有据，言之有理，言出有信。信用无价，比金子更为珍贵。

政善治。在其位谋其政，干一行爱一行钻一行，认真履职尽职，善于领导管理，出主意、想办法、培养人、使用人，奋发进取，不断开拓事业新局面。

事善能。临事以敬，做到大事不怕，小事上心，急事急办，难事能办。实践出真知，工作长才干。要在事中磨，磨心磨志，长见识，长能力，长意志。坚定信心，办法总比困难多一个。加强调查研究，总能找到解决问题的钥匙。

动善时。时机是关键，动静有时。不可急躁冒进，过犹不及。不可反应迟钝，错失良机。要敏锐发现时机，抓住时机行动。要耐心等待时机，充分准备，时刻准备着。要善于创造时机，把握时机的主动权。

夫唯不争，故无尤。

十　戒

五四青年节，与金显、婷婷、阳江、华兵同志谈心，回忆以前的青葱岁月，谈青春情怀，话青年成长。人生漫漫，青年时期是一生之中最宝贵年华，走好每一步，不枉费青春。作为新时代青年，要先从修身开始，有所为，有所不为，心有敬畏，心存戒尺。

戒懒，要勤奋。一懒百病生，天道酬勤，勤能补拙。要将勤奋作为人生的第一品质，勤快，勤力，身体力行，做到身勤、心勤、手勤、眼勤、腿勤，天天如此，一辈子坚持。

戒散，要专心。不能什么都想要。一手抓两只青蛙，目标太多，四处出击，什么事都做不深，搞不透。三天打鱼两天晒网，见异思迁，到头来两手空空，一事无成。必须瞄准一个目标，坚定人生志向，咬定青山不放松，专心致志，心无旁骛，锲而不舍，水滴石穿，苦尽甘来。

戒骄，要谦虚。骄傲使人落后，谦虚使人进步。**富贵而骄，自遗其咎**。越是成功之时，越是接近危险之时。越是得意忘形，越可能灾祸降临。务必头脑清醒，小心谨慎，战战兢兢，如履薄冰，如临深渊。

戒躁，要踏实。欲速则不达，过犹不及。作为年轻人，既要志存高远，又要脚踏实地，从一点一滴做起，从一件一件小事做起，一步一个脚印，切勿好高骛远，心浮气躁，眼高手低。要沉下心来，耐得住寂寞，挡得住诱惑，经得起摔打，以十年之功去做成一件事，以一生之力去追逐梦想，做新时代追梦人。

戒巧，要用功。天道恶巧。投机取巧的事情，可能一时得逞，但长久终将失败。无论做人还是做事，都要真心诚意，公道正派，实事求是，尽心尽力。苦下功夫，下苦功夫，用勤劳的汗水浇出收获之果实，品之甘甜，用之心安。

戒私，要公心。自私自利，甚至损人利己，这是人性之大敌。想事、遇事、临事、决事，要出自公心，以大多数人利益为重，成全别人才能成就自己。一味只想到自己，不顾别人的利益和感受，人生的路，将会越走越窄。

戒贪，要知止。贪欲如魔鬼招手，如洪水猛兽，让人坠入深渊，万劫不复。欲望的魔鬼总以天使的形象出现，一定要火眼金睛，辨别识破，站稳脚跟，不起念，不动心，不动情，不糊涂。属于你的才是你的，不是你的，不要有非分之想。名与利，要德才相配；财与物，要取之有道。

戒恶，要善良。善者，天助之；恶人，天收之。人在做，天在看。做恶毒之事，做违背良心的，终有一天将遭受报应。做善事，爱人帮人，成就他人，行善积德，扶难济困，让我们的灵魂得到升华。

戒妒，要欣赏。人有长短，寸有所长。要看到自己的优点，同时看到自身的不足。用欣赏的眼光和赞美的心态去看待周围人的成功、成就和成绩，而不能计较、比较和妒忌。向优秀者学习，拜实践为师，提升能力，开阔胸襟，放大格局。

戒得，要放下。**功遂身退，天之道。**在岁月的长河中，人如匆匆过客，一切荣华富贵，如过眼烟云；一切丰功伟业，如神马浮云，要学会放下、放开、放手。不要将过去的所谓"成绩"挂在嘴边，好汉不提当年勇；不要留恋和沉溺在以往的鲜花掌声中，过去已属历史，已归尘埃。要放下成功的包袱，从一个目标走向新的目标。要一切归零，再学习再出发，实现人生一次又一次的跨越。

泥 土 香

　　杨先华先生出差北京，抽空来看我。老朋友见面，十分欢喜。

　　我们是大学同学，在不同院系，我读果树专业，他学的是植保专业，彼此从大一入学就开始认识。当时我们都是班长，时常组织两个班打篮球赛，互相交流，其乐融融。随后，我们一起应聘到校团委工作，担任校团委组织部干事，经常晚上下自习后再到团委"上班"，即值班工作，晚十点多宿舍将要熄灯再回去。我们走在桂花飘香的校园里，谈学习、谈工作、谈理想、谈人生，常有许多共鸣。有时，我们会在小卖部喝上一瓶武汉市生产的酸奶，我从小喝米粥长大的，头一回喝酸奶，还不认识这种"怪物"，酸酸的不敢喝，在杨先华的鼓励下快速吞下，觉得味道不错，饶有风味，吸干了，还把瓶子上的纸揭开，用管子来回擦，将瓶子里面余下的奶渍舔得干干净净。

　　杨先华学习勤奋刻苦，大二英语就过了六级，令我羡慕不已。后来我才知道，假期里他非常用功，几乎将英文字典都背诵下来了。大二时，学校开办贸易经济辅修专业，杨先华报读了，也动员我去读，辅修专业条件是成绩需要平均75分才可以，我正好够，觉得学一门经济专业也是自己一直追求的，高考时报的就是农业经济专业，结果被录取到果树专业了。所幸学了这两个专业，大学毕业时，农业部招考中央国家机关公务员，其中全国水果生产管理职位，条件就是需要果树专业和一个经济专业，这是命运安排还是天道酬勤？我更相信是后者。每每想起来，我都十分感激杨先华。

大三开始，我先担任园艺系团总支副书记，后担任校团委主要学生干部，工作十分繁忙，除了上主修专业课，还要上辅修课，有时一天要上 11 门课，即上午 4 节，下午 4 节，晚上 3 节，晚上下课后，我还要赶到校团委主持会议，研究部署工作，筹划安排活动等，经常忙到半夜。辅修课有时上不了，作业未能及时完成，杨先华借笔记给我，考试前给我讲题，所幸，辅修课考试全通过，顺利拿到毕业证书。

毕业前夕，我和杨先华有过一次长谈，讨论今后的工作，走一条什么样的路。我们都决定，先考公务员，然后再考研、出国或到企业工作等。后来我考上了公务员到北京工作，他考上了家乡地方公务员，不久到了上海一家外资农业企业工作。由于外语好和勤勉朴实，他被派往国外学习进修，后来回国后自主创业，利用过硬的技术从事设施农业生产经营，专心致志，一干就二十多年。靠努力打拼，诚信经营，事业稳步发展，在行业内口碑很好。

杨先华路过北京常电话问候，我在京时，一起见面聊一聊。我曾经问他，为什么放弃公务员去选择种地呢？杨先华说，我们父母是农民，从小在农村长大，学的是农业，从内心深处对农业充满感情，总想利用所学所长，实实在在为农业现代化发展多做些事情。搞设施农业，就是用先进的工业设备技术改造和提升传统农业，提高农业的土地利用率、劳动生产率和经济效益，指导农民科学种田，改变农民多少年来面朝地、背朝天的传统耕作方式。作为年轻人走在希望的田野上，行走在田间地头，闻到泥土的香甜，常感到人生的踏实。

2007年7月，大学毕业十周年，我和杨先华相约回到华中农业大学参加校庆活动。我们走在熟悉的校园，走访了宿舍、操场、运动场、校团委办公室、狮子山、南湖，拜访请教杨少波老师，感谢杨老师的知遇之恩、提携之情，庆幸我们遇上一生的良师益友。我们约定，一定不忘老师的教诲，不忘当年寒窗苦读的日子，不忘勤读力耕、立己达人的校训，不忘农家子弟的责任与担当，继续发奋图强，努力奋斗。

我们走在校园里，看到风华正茂、青春阳光的莘莘学子，不禁想起我们曾经的青葱岁月，一起走过的日子，庆幸我们遇上一个好时代，庆幸大学期间遇上许多好老师、好同学，这是一生的幸运，也是一辈子的宝贵财富。真正的友谊，如同淳厚的泥土，**生而不有，为而不恃，长而不宰**，越久弥香。

大 学 生 成 长

五月的花海，青年人欢乐的节日。

北京高校多，各个学校五四青年节前后组织许多活动，处处洋溢着青春的气息。走在大学校园，好像回到大学时代，想起激情与梦想的大学校园生活。大学，永远是一首青春之歌。激情燃烧的年轻岁月，是一生的记忆。

多年前，我担任农业部团委书记，协助组织中青年干部"学习论坛"活动。有一天，张传慧同志前来出席活动和指导大学生社会实践工作，我们商量以基层农广校作为学生实践基地，组织大学生走进农村，体验农业，听听农民的呼声，了解国情和社情民意，接地气，蹲蹲苗。后来，这项活动在各方支持下，搞得很成功，受到社会肯定，青年大学生从中受到实实在在的国情教育，切身感受到农业苦、农村穷、农民不容易。

大学是青年成长最重要的黄金时期，正值青春，应倍加珍惜，发奋努力，为今后的人生事业打牢基础。四年的大学光阴宝贵，作为一名大学生，如何过好这四年，更好地健康成长成才呢？

有之以为利。大学是学习的地方，是知识的殿堂，是思想的发源地。大学有许多资源和条件，大学生要认识它，利用好它。一是要向老师学习。大学之名，首推大师。**师者，所以传道受业解惑也。**通过老师的教诲，启发心智，增长知识，提高素质，树立人生的奋斗方向。二是要向书本学习。书籍是人类进步的阶梯，书中自有黄金屋，多读书、读好书、读原著、读经典，做到如痴似醉，把自己读到书里头去，敢于批判创新，又能从书里走出来。养成读书的好习惯，大学与书为伴，一生将与书为友。三是要向同学学习。一个班几十人，来自全国各地，五湖四海，不同的地域、性格、经历、特长，可以彼此交流，取长补短，互相促进，共同进步。同窗四年，大家一起学习生活，有笑有闹，清纯真实，情同手足，亲如兄弟姐妹。友谊地久天长，即使毕业之后，多年相见，仍然感觉回到从前，归来仍是少年。

无之以为用。大学是象牙塔，而不是孤岛。大学生毕业后，或考研，或参加工作。对大部分大学生来讲，与已经参加工作的人相比，在社会经验、实际工作能力等方面还有欠缺，还不够成熟。而这些也恰恰是大学生的潜力所在。所以，我们既要读有字之书，还要读"无字"之书，既要在有围墙的大学校园学习，还要在没有围墙的社会大学学习，活到老，学到老。大学生今天的无，恰恰是明天的用。一是要向社会学习。社会是人生的大学，处处皆学问，人人是老师，在复杂的社会生活中，看明真相，看清本质，看出方向，不忘初心，坚守信念。二是要向实践学习。实践是通往成功的路径，世上没有一件轻轻松松就能成功的事，十分汗水一分收获，一切幸福生活离不开努力奋斗，必须学思感悟，思行合一。三是要向老百姓学习。拜人民大众为师，基层蕴藏着无穷的智慧和力量，到实际中去，到百姓中去，请教问计，许多困难就会迎刃而解，从而做到理论联系实际，实现真理与合理的统一，成为合格的社会人才。

企 业 家 学 院

圣人为腹不为目。实际的内容比空洞的形式更有意义。将教育作为优先发展战略,对一个国家、一个民族来说,是一项强身健体实腹之举。

创办企业家学院,推进产教融合,积极探索新时代大学建设的路径,是近年来许多教育家、企业家的共同愿望。应教育部学校规划建设发展中心的邀请,我有幸参与企业家学院的顶层设计、方案研讨和项目咨询。

在第五届产教融合发展战略国际论坛上,刘志敏、王宇、田高良、张燕、张闳肆老师和我围绕建设企业家学院,建立新型智慧学习工场,展开了一场专家对话会。我从创建企业家学院的意义角度,讲了三点:

第一,企业家学院有利于学科专业建设。企业家在市场一线,直接触摸产业的脉搏,直接感受经济社会发展潮流趋势,了解当下市场需要哪些新技术、新产品、新业态,并及时反馈给学校,有效地减少学科专业建设的时间和空间,从而提高学科建设的针对性、精准度。

第二,有利于应用型人才的培养。企业家学院凝聚了一批优秀企业家人才,这些企业家就是大学生的成长导师。通过请企业家进校园,学生可以面对面进行交流,学习到他们坚定人生目标、勇于拼搏、创业创新、敢为人先、开拓进取、社会担当的企业家精神。学生通过走入企业，到不同技术、管理岗位见习、实习、实践，努力提高自身的动手能力，为今后走出校园走上工作岗位打牢基础。

第三，有利于科研成果转化。通过企业家学院这个平台，搭建科企对接的桥梁纽带。一方面，大学的科研成果直接拿到企业转移转化及产业化，将师生的论文写在大地上。另一方面，企业提出技术需求，交给学校科研团队研发，共同开发新项目新产品，打破技术的需求侧、供给侧瓶颈，实现强强联合共赢。同时，通过校企双方共建重点实验室、工程中心等，共同申报科研课题，共享科研资源条件，进一步推进产学研用深度合作，提升产教融合的质量和水平。

树 人 学 校

北京林业大学"树人"研究生党员骨干培养学校第八期培训班开班，杜小军、胡显河、辛琳琳、黄磊、王巍先生和我被学校聘为校外成长导师，谢学文同志给我们颁发了证书并合影留念。

我 2001 年在北京林业大学脱产培训英语半年，学习机缘让我成为北林的校友，一直以来，对北林美丽精致的校园、教书育人的校园文化充满怀念，每年我都会回去几趟，有时还带着家人，在校园走一走，坐一坐，然后到学生食堂吃顿饭，感觉好极了。

北林为了加强研究生党员骨干队伍建设，创办了"树人学校"。应学校的邀请，特别是孙信丽、董金宝、林龙圳老师的盛情邀请，从第一期开始，我就作为校友义务为学校发展和学生成长做一些力所能及的工作。几年前，给部分学生骨干讲过一次"树与人生"的讲座，学生反应热烈。

树人学校自创建以来，坚持立德树人、自强致新的校训，以骨干培训班为主体开展培训，通过理论学习、红色教育、职业探索、素质拓展、志愿服务、创新实践等途径，将人才成长的一般规律与立志成才、服务社会的要求结合起来，将组织培养与自我教育结合起来，将理论与实践结合起来，提高研究生骨干的政治素质、思想水平和综合能力，为他们健康成长、融入社会、服务人民，成为新时代社会精英打牢基础。近年来，树人学校不断发展壮大，成为全国高校研究生培养的一个品牌模式，受到广大研究生好评和社会认可。本期培训班，学校从5 000多名研究生中选拔出了100名骨干，我能成为他们的校外成长导师，甚是荣幸，能在开班仪式上作为导师代表发言，更是**宠辱若惊**。我表达了一名导师的内心愿望：

为同学们点灯，引导大家树立人生的理想，让理想的灯塔照亮前进的方向。

为同学们引路，利用自身的人生经验、社会阅历，指导大家完成职业发展规划，走好今后的成长之路、事业之路、人生之路。

为同学们助力，帮助同学们解决成长过程中的困惑和问题，支持大家创新创业，激发潜力才能，更好地成长成才。

用心当好导师，将学生放在心上，投入时间和精力，因材施教，有教无类。也希望学生把导师放在"手心"，打电话、发微信，及时沟通交流。

用情当好导师，对树人充满情怀，好之乐之。怀着深切的教育情怀去履行导师的责任，将学生当成自己的亲人对待，爱之教之助之。

用力当好导师，积极创建机会平台，提供必要的资源和条件，让更多的学生得到实践锻炼。

此次我指导的班是研究生主席研修班，成员是张恒宇、张宇、严圆格、乔玥、梁超、李介文、何佼容、李宏宇、王美琳、张泽宇、郭雨桐、赵伦楷、王蓉、郭源、张蓓、王杨、任继珍、梁媛、柴龙成、范禹希、曲丽洁、杨云斌。

祝贺同学们！祝福同学们！

好男儿志在四方

　　黄春明同志是北京大学博士研究生，2018 年 5 月 2 日，他作为北大优秀学生代表之一，受到习近平总书记的亲切接见，照片刊登在《人民日报》上。经组织和学校选派，他即将作为选调生到福建基层工作，挂任副县长。我与黄春明是同乡，认识于十年前，他好学上进，初中上电白一中，高中上茂名一中，以优异的成绩考上中山大学，大学毕业后考上中央党校研究生，回家乡工作一年后，又考上北京大学博士生。他在决定考北大博士前，找我做了一次长谈，我以自己的求学经历积极支持他报考。不久，黄春明顺利考上了北大马克思主义学院博士研究生。黄春明在学习之余，积极从事社会实践，担任过中央党校研究生院团委副书记、志愿者协会会长，创建茂名大学生成长促进会等，受到同学们的欢迎和社会的好评。

　　好男儿志在四方。黄春明博士毕业，主动申请到基层工作，我们为他立志服务基层而高兴，约上陈景进、梁江波、杨文淼、邓华明、陈闯、叶子鹏、王声啸、刘卫刚同志与春明座谈交流，既是祝贺欢送，又是祝愿祝福，祝愿春明在新的工作岗位取得更大的成绩。

　　新时代，新青年，新奋斗。习近平总书记 5 月 2 日在北京大学师生座谈会上，对广大青年提出四点希望，一是要爱国，忠于祖国，忠于人民；二是要励志，立鸿鹄志，做奋斗者；三是要求真，求真学问，练真本领；四是要力行，知行合一，做实干家。这为青年成长成才指明方向和路径。响应习总书记的号召，到基层一线书写青春！基层是青年成长的熔炉，实践是青年成才的途径。在基层直接面对老百姓，直接感受到人民群众的冷暖和所需所盼，直接体会以人民为中心的执政宗旨，与基层干部群众打成一片，真正做到密切联系群众，学会做群众工作；在基层，每天都会碰到许多具体事，有难事、急事，有鸡毛蒜皮的小事，这些事在老百姓的眼里都是大事。做好基层工作，就是解决一件又一件关系普通老百姓切身利益的小事，天天在事中磨，练就青年人直面现实棘手问题，研究解决实际问题的能力。

加强调查研究。调查研究既是工作方法又是作风要求。每到一处，每遇一事，都要扑下身子，沉下心来，深入实际作系统全面调研，由表及里，由此及彼，把实际情况搞清楚、摸明白，从而抓住本质，分析利弊，研究措施，拿出办法。

尊重客观规律。凡事皆有法。按规律办事就会事半功倍，违背规律办事将会事倍功半甚至挫折失败。规律是客观存在的，却不容易被掌握，所谓迎之不见其首，随之不见其后。因此，要细心观察，潜心研究，用心感悟。规律是反复发生、普遍存在的，对过去、现在、将来都起决定性作用。**执古之道，以御今之有，能知古始，是谓道纪。**我们要善于运用历史智慧解决现实问题，科学预见未来。

埋头苦干实干。事业是干出来的，一分收获十分耕耘。青年人趁年轻，体力好，精力旺，瞄准的事，就要全力以赴，有初生牛犊不怕虎的勇气，拿出一股子劲，敢闯敢试，勇于担当，开拓创新，奋发有为。

坚守人生底线。青年人路还很长，要时刻警钟长鸣，严字当头，自觉加强修养，不碰法纪红线，守住道德底线，经得了诱惑，挡得住风华，经得起摔打，做到想干事，能干事，干成事，不出事，切实肩负起党和人民事业的重托。

重 回 拉 萨

2013 年 9 月,我陪同团中央青农部郭祥玉部长去过一次拉萨,那是当年 5 月,我在吉林清晨跑步,街上偶遇郭部长时的约定。此次是女儿暑假,约她同学一起去西藏,我们作为家长陪她们前往。

上午 10 点,我们到达首都机场,过了安检,迎面见到范小建老部长,我赶紧上前打招呼,范部长是我老领导,曾在西藏工作,是一位德高望重的领导,我在他领导下工作多年,深受教益。

范部长身体健朗,神采奕奕,见到我们,十分高兴,亲切询问我们的工作、生活情况,热情勉励女儿好好学习,将来成为社会有用之才,之后同我们拍照合影留念,并邀请我们在拉萨见面。

与范部长道别后,我想,人的一生中,见过的人,走过的路,去过的地方,都是一种缘分,有的人、有的地方一生只有一次相见,有的还可重逢,这一切或许是命运的安排,又或许是缘分所致,如同这次重回拉萨。

西藏的美是高深莫测,苦乐同在。

8 848 米的珠穆朗玛峰,被誉为地球上的脊梁,古往今来,多少勇士为之攀登,不是为了挑战征服,而是领略高峰,体验生命的高度,在珠峰脚下人类是如此渺小。

藏传佛教文化博大精深，**微妙玄通，深不可识**，多少学者穷一生之力，仅得一叶之观，在历史千年的厚重经书面前，我们的认知是如此的浅薄。

在通往布达拉宫、大昭寺的路上，长年累月，朝圣求拜的人们络绎不绝，一步一跪，一步一拜，春夏秋冬，严寒酷暑，山高路远，艰险崎岖，他们不远千里，有的走了一年，有的走了半生，只是为了目睹佛主的真容，在普遍人的眼里苦不堪言，可是在藏民同胞的心里却是平常。朝圣是为了今生的圆满，为了来世的幸福。可见，苦就是乐，乐就是苦，苦乐同在。

人生旅途，我们挑着两座山赶路，一座是责任之山，养家糊口，社会事业，家国情怀。一座是信仰之山，相信宇宙因果，相信道德良心，相信科学未来。

信仰是人生的方向，责任是人生的意义。

知 常 曰 明

人来世上，归根到底就是怎样做人，如何做事。

人生的使命，就是做好人，做好事。完成这两大任务，是何等的艰难，主要原因是我们经常是蒙昧的，对世事看不透，认不清，认知往往是表面的，而不是本质的；是应急的，而不是根本的。蒙昧的原因是不知常。**知常曰明**，我们就会少犯错误，少走弯路。

知常识惯例。知晓老百姓认同的、基本的科学知识，以及历史形成的文化传统，自古以来行之有效的做法，地方的风俗习惯，等等。

知规则规律。天体运动都在一定的轨道上循环往复，不偏不斜，何况人文。按规则办事，遵守规则，就是尊重民主、尊重权威。规律是真理，是自然社会界的法则。按规律做事，才能事半功倍。

知方向方法。清楚我从哪里来，将到哪里去，初心决定方向，找准方向，人生就有了目标，再苦再难，仍然勇猛直前。如何实现目标，到达理想的彼岸，一定要讲究方法，以正确的策略战胜困难，由弱变强。

知上下左右。对上要忠诚担当，对下要关心爱护，对左右要尊重团结。只有上下一致，左右支持，我们才能众志成城，在宏伟的事业奋斗之中实现人生的价值。

知人情世故。了解社会百态，洞察世间冷暖，体会世态炎凉，丰富人生阅历。多角度认识现实世界，换位思考别人感受，合理恰当处理好真理与合理、人情与理性的关系。这样，才会被社会接纳，才能与他人相处融洽。

知历史未来。历史是未来的起点，未来是历史的趋势。懂得历史，就会明白事物源头根本，千变万化，无不是因为历史的因缘。看到未来，就是看到潮流趋势，提前准备，抓住机遇，奋发图强。

知边界底线。做人做事应有清晰的边界，或者说权力、权利、责任、义务的界限，属于你的，就要担当责任，认真做好。不属于你的，不要贪心伸手，否则祸从欲来。最重要的是，无论何时何地，都要坚守自己的底线，认识到底线之上是人间天堂，底线之下是地狱深渊。明白这点，才会明白该行行，该止止。

讲　信　用

拉萨的时间比北京晚 2 个小时，清晨我还在睡觉，接到黄庆昌先生电话，交流中国龟文化国际化、品牌化事宜，并说近期将率领合作社成员到北京考察。

2014 年 3 月，我在广东蹲点调研，走访过黄先生的合作社，了解到黄先生是做实业的成功企业家。近年来，他投身到龟文化传播，带领大家成立了合作社，积极组织一系列有影响的活动，有力地促进了龟产业的发展，带动了乡亲们发家致富，为当地社会经济发展做出了积极贡献。各位社员对黄社长的思路和工作十分拥护支持，佩服黄社长的公心和才干，更在乎黄社长是讲信用的领头人。由此可见，信用是企业安身立命的根基，是产业发展壮大的凝聚剂。

信用是一个人的基本品质。一个讲信用的人，在社会中就会得到大家的信任、尊重和支持。一个不讲信用的人，将不被别人信任，在社会中寸步难行。所谓**信不足焉，有不信焉**。没有信用，如同我们没穿衣服走在大街上，羞愧难当。

信用的形成非一时一事之功，而是要经过长年累月的积蓄，且是一视同仁，对谁都一个样，讲真话，办实事。信用的破坏和丢失，只要一件事，一次不讲信用就够了。

可见建立信用如同建房子，建起来千辛万苦，毁掉它却是一下子。更为严重的是，一个人失去信用再找回来就难了。所以讲信用是一个人一生的功课，需要坚定不移，坚持不懈。

讲信用，就是要说到做到。说到做不到，等于放屁。一诺千金，对说出去的话要负责，君子之言，驷马难追。我们要像爱护眼睛一样珍惜个人的信用。诚实做人，诚信做事，一是一，二是二，实事求是，不假不骗，不偏不斜。实实在在做好每一件事情，真心实意地对待每一个人，信用就会产生了。社会生活中，人与人的交往，归根到底是信用的交往。一个讲信用的人，说到做到的人，大家都会相信他，社会认可他。这时，成功还远吗？

橘　子　花

　　夏日炎炎。与欧阳海华先生交流，了解到他的柑橘合作社已基本完成全产业链建设，加强与邓秀新院士团队密切合作，建立无病毒苗圃基地，提高柑橘品质，同时注重品牌建设，产品销往北京、江浙等地，市场前景广阔。欧阳先生在合作社管理上，重视制度建设和人才培养，形成合理的利益分配机制，带领社员创业发展，带动果农增收致富。欧阳先生从过去小果贩成为今天果大王，几十年来，他倾注大量的心血，投入了辛勤汗水，专心致志地种好柑橘、卖好柑橘，将柑橘产业作为人生奋斗的坐标，相信劳动的汗水，必将浇出丰收的硕果。

　　说起柑橘，自然想起美丽的橘子花。南方的橘子花，开在春季，从含苞欲放的花蕾，到绽放的花瓣，白白的，淡淡的，在绿叶丛中，如同一张张小孩的笑脸。我小时候早晨起来上学，走出家门，路边的橘子花香扑脸而来，沁人心脾，我们有时摘上一两朵，先放在鼻子上闻一闻，然后夹在书本里，学校早读，读的是橘子花香。这种淡淡的花香伴随我度过小学、初中、高中，童年的快乐、少年的忧伤、高考的紧张，如同一朵一朵美丽的橘子花，纯真、皎洁、清新、灿烂、无暇，让人难以忘怀。

　　上大学后，我学的是果树专业，主修柑橘，毕业论文写的是《柑橘生长调节剂在开花结果及贮藏保鲜的应用》。大三开始做试验，导师安排我们管理1亩果园，时间近1年，锄草、施肥、打药是基本要求。我和陈胜义经常下午课后就到果园里干活，最辛苦的是打药，大夏天，背着几十斤的喷雾器，半天下来，汗流浃背，累得身体散了架，躺在地上直喘气。我身体瘦小，杀虫旺季需要连续打药忙不过来，请求室友范文、绍明帮忙，条件是帮忙劳动一次，奖励鸡腿一只，等到柑橘成熟收获时，可以敞开肚子吃个够。

在老师的指导和同学的帮助下，功夫不负有心人，果园橘花盛开，引来无数蜜蜂，紧接着，我们开始疏花，可是觉得每朵花都这么可爱，下不了手，常常是看来看去，挑来挑去无奈摘下一朵小的、萎了的，放到工具袋里，带回宿舍，摆在窗台，夜深人静，关灯睡觉，淡淡的橘子花香随之而至，我们酣然入眠，忘了一天的辛劳。人努力，天帮忙，当年的果园大丰收，硕果累累，我和陈胜义信守诺言，请绍明、范文一起采摘橘子，实在馋不住，我们偷吃好几个，担心老师发现，急忙把果子藏在裤兜里，弄得裤裆斑斑点点，内裤都是橘子味，老师问怎么搞的，我们都笑而不语。

采果中，我们发现有一支大果枝条，一连结了七颗大脐橙，每颗半斤以上，我们如获至宝，小心翼翼剪下来，送给导师，感谢老师的指导和教诲，导师说，将这七颗佳果献给我们的柑橘祖师——章文才教授。导师将果园收获的橘子分成三份，一份留作实验，一份送给系里老师，一份给我们学生。临近寒假，我们舍不得吃，放在行李箱里，带回老家，给父母和兄弟姐妹品尝，大家都称赞华中农业大学的柑橘又香又甜，味道好极了。

大学毕业，学校推荐我报考中央国家机关公务员，邓秀新校长亲自找我谈话，功夫不负有心人，我幸运考上公务员到农业部农业司工作。因为学的是果树专业，负责全国水果生产管理，一干就是八年。记得有一年国庆节，我主持编制《全国柑橘优势区域发展规划》，连续七天加班加点，找资料、写报告、做 PPT，累并快乐着，总算完成任务。报告被农业部常务会审议通过，其中报告提出大力发展赣南脐橙，受到部领导和专家的关注，随后国家出台了相应的支持政策，橘子花开遍赣南大地，脐橙成为当地的主导产业和农民增收的重要渠道，赣南脐橙逐渐发展成为知名果业品牌。

一叶一世界，一花一果实。花花世界，总是因果相连，对立统一。我们庆幸生活在新时代，无论世界怎么变化，我始终相信未来更美好。即使面临挑战，正义的力量必将胜利。正如古语：**六亲不和，有孝慈**。橘子花，给人信心、智慧和力量。

三　重　境　界

在拉萨布达拉宫，我们偶遇两位海南游客，一起交流西藏文化、艺术、历史，有许多共同话题，十分投缘，甚是高兴。排队买票后，过了四道安检，开始参观，两个小时下来，领略了布宫的神奇、雄伟、厚重、亘古，如同一次修行，提升了三重境界。

角度。导游卡瓦带我们到布宫东南角一草地，说在这里拍照，可以看到布宫全景，非常美。我们拍了几张，果真如此。观察事物、认识问题，有不同的角度，从科学的角度，可以看到全局、看到风景、看到新颖独特之处。角度也是方向和路径。卡瓦领着我们从东南角开始，从下往上，沿着规定的参观路线，边看边说，轻松愉快。正确的方向路径，使我们不走弯路、不走回头路，将宝贵的时间精力用在最重要事情上，每一脚都是有效的，都接近目标一点点。

难度。布宫里面的楼梯一是陡，二是窄，三是暗。卡瓦说自建宫以来，就是这样设计的，目的是让行走的人懂得其中的道理。陡，一不留神就会摔倒，告诫人们爬楼梯时务必一心一意，专心致志，做到**见素抱朴，少思寡欲**。窄，让人们在群体中学会讲秩序，懂先后，尊重他人就是尊重自己，不可逾越矩纪，损人利己。暗，由于里面采光少，灯光少，周围许多地方看不清，我们要善于发现光明，从内心寻找光明，用内心的光明照亮前方，走向前方。登布宫难，除了陡、窄、暗，还要克服高原反应，用顽强的意志战胜身体的不适和心理的恐惧，坚持就是胜利，虔诚可以神通。

高度。当站在布宫顶，从空间上，我们身处一定的高度上，视野开阔，一览众山小，远处的山脉、道路、楼宇尽收眼底，这与在地上看到的景观不同，所以在不同的高度看到的风景不一样，站得高才看得远。从时间上，眼前的这座圣宫，从松赞干布、文成公主故事缘起，绵绵数千年，岁月如恒沙河，古往今来，历久弥新，我们又站在历史的高度。望着布宫周围络绎不绝磕长头的人们，为他们的信仰而感动，刹那顿悟为信仰而生，为信仰而死，好像又达到生命的高度。

布宫上面气温低，风吹来，浑身冷，真是高处不胜寒，在天底下更觉人之渺小，天外有天，心生敬畏。人生如登山，成功爬上去，平安走下来。

思 金 拉 措

早晨起来，我们计划前往林芝，接到顾卫明先生电话，他悉知我们行程，建议顺路去趟思金拉措湖看看，体验下圣洁之美。顾先生是江苏常州人，从事农副产品产业开发，建立独特的商业模式，近年来走南闯北，事业做得风生水起，对区域文明和乡土文化也颇有研究。于是，我们听了他的提议，起身去思金拉措。

路上，多吉兄弟介绍说，思金拉措藏语意为具有威力的神湖，位于墨竹土卡县日多乡东南、山南桑日县增期乡以北，距拉萨市区 124 公里，海拔 4 500 米的地方。

我们从拉萨出发，整整走了半天，途中在藏族同胞开的饭店吃了肉丁馍，肉汤味道鲜美，胃口大开，我吃了 3 个大馍，还同一个 3 岁可爱的藏族小孩照了一张相。

终于到了思金拉措湖。走过蛇舌草坪，一堆堆的玛尼石，走上山顶，见到一湾静谧湛蓝的湖水，周围群峰环绕，山脉相连，百花争艳，风景如画。女儿和她的同学献上洁白的哈达，我们在湖边祈祷天下苍生健康、平安、吉祥、幸福。

蔚蓝的天空，风和日丽，飘着一朵朵白云，湖面平静清晰，蓝天倒影在湖中，显得庄严而美丽，天水一色。远处的人们在转湖、转山，望着虔诚执着、身心合一的影子，我想他们此时此刻是在还前世因缘，祈今生幸福轮回，求来世圆满吉祥。

人之所畏，不可不畏。思金拉措神圣、神秘、神奇，叫人向往，让人敬畏，令人留恋。天空中，飘来央金兰泽的名曲《爱在思金拉措》：

> 桑日思金拉措湖畔
>
> 格桑梅朵盛开的时候
>
> 湖面荡起一圈圈水波
>
> 那是我俩心海缠绵的情思
>
> 桑日思金拉措湖畔
>
> 有缘恋人相会的时候
>
> 绵绵情歌飞翔了云霄
>
> 那是我俩真情不变的誓言
>
> 啊 亲爱的
>
> 啊 亲爱的
>
> 我们相遇在思金拉措
>
> 许下一个美丽的心愿
>
> 从今后彼此相爱永不分离
>
> 桑日思金拉措湖畔
>
> 格桑梅朵盛开的时候
>
> 湖面荡起一圈圈水波
>
> 那是我俩心海缠绵的情思
>
> 桑日思金拉措湖畔
>
> 有缘恋人相会的时候
>
> 绵绵情歌飞翔了云霄

那是我俩真情不变的誓言
啊 亲爱的
啊 亲爱的
我们相遇在思金拉措
许下一个美丽的心愿
从今后彼此相爱永不分离
永不分离　永不分离

林 芝 之 美

　　林芝被誉为西藏的小江南，海拔较低，山清水秀，风景如画，适居宜游。在这里遇见陈林青先生，陈先生祖籍广东揭阳，祖辈三代援藏，落户在林芝，喜欢林芝的山山水水，他在潮汕地区上完中学、大学之后又回到林芝工作，为当地经济社会发展服务。我问他林芝的美在哪里，他说在林芝生活久了，过去林芝的美美在眼里，现在林芝的美是美在心里，是一种美滋滋的感觉。

　　听了林青的禅语，我想起：**孔德之容，惟道是从；道之为物，惟恍惟惚**。林青对林芝认识理解，已从感性到理性再到实践，而我刚刚见到林芝的表象。在林芝三天，应朋友之约，去了一些地方，亲眼所见，亲身经历，感到林芝是人间的天堂。

　　林芝的美，美在山。大峡谷的峻险秀丽，鲁朗小镇的世外桃源，沿路山上的原始森林郁郁葱葱，令人感觉时光倒流，好像走回原始社会。

　　林芝的美，美在水。巴松措湖面碧波千里，深蓝清晰，彩霞满天，湖光十色，宁静得一根针掉到水里都听得见。远处雪山隐约可见，冰雪融化汇成溪溪流水，一群群小鱼自由游逛。人与自然，和谐共生，融为一体。

　　林芝的美，美在人。当地民风淳厚，藏族同胞朴实真诚，路上两车相遇，都是主动让路，鸣笛回礼。其间，我去了一趟林芝人民医院看牙，亲眼看到大夫待患者如亲人，态度亲切热情，爱岗敬业，是名副其实的白衣天使。

林芝的美，美在物。山上处处是宝，长满了虫草、藏红花、田七、手掌参、松茸等名贵道地药材。沿路所见，山下青稞、蔬菜等农作物长势喜人，今年又将是丰产丰收。

援 藏 干 部

张国宇同志在西藏挂职，我一直想找机会去看望。5月在广州，好友王东江、梁东海、赵军说起广东对口支援林芝，选派 100 多名优秀干部在当地挂职，他们扎根高原，克服海拔高、工作生活条件恶劣的困难，积极联系对接资源，服务促进地方发展，自觉扎根，敬业奉献，谱写了可歌可泣的援藏之歌。

几天在藏，我有幸拜会林芝市委组织部刘业强部长，有幸与鲍栋、王建沣、杨科霖、陈林青、许铭浩等同志交流，从他们身上学习了到"特别能吃苦、特别能战斗、特别能忍耐、特别能团结、特别能奉献"的西藏精神，感受到他们缺氧不缺精神，艰苦不叫苦的崇高品质。一次西藏行，一生西藏情。

曲则全，经历是宝贵财富。西藏工作生活条件艰苦，在这些地区工作，面临诸多挑战，需要克服许多意想不到的困难，是对个人能力、身体意志的考验和磨炼。经过这些锻炼，就如同浴火重生，今后即使再苦再难，也难不过当初援藏的艰苦。

枉则直，欲速则不达。西藏的路是顺山而建，顺山而行，山路弯弯，迂回曲折，往往是从实际出发，遵循自然规律，而不是点对点直线求近。而且，考虑到山体和成本等原因，路面相对狭窄，大多时候只能单车前进，超车极其危险，必须依次序行车。所以，按规律和规则做人做事，慢就是快；不按规律和规则去做，快就是慢，甚至危险。

洼则盈，谦虚使人进步。接触到的援藏干部，言谈举止，十分谦虚，他们自觉向藏族同胞学习，向当地干部群众学习，向基层实践学习，较快地适应环境，较好地开展工作。一个人如有谦虚的心境，就能学得多、学得快、学得好；如有谦虚的态度，就会受到他人的尊重认同，一起团结合作共事。

敝则新，继往开来。调研中了解到，援藏干部注重尊重当地风俗习惯和文化习俗，自觉保护传统产业、资源、环境。同时，勇于开拓创新，在工作各个领域，研究新思路，实施新举措，创造新业绩。从他们身上学到对待传统，要做到继承、批判、吸收、发展；对待未来，要敢于挑战、学习、创新、跨越。

少则得，专心致志做事。援藏工作时间一般为三年，1 000多个日日夜夜，既长又短，需要瞄准一个方向，确定一个目标，主攻一个重点，集中力量、集中时间、集中资源，以挖井的劲头锲而不舍去完成它，才可能见到效果。要有三年只做一件事的信念和意志，久久为功，一茬接一茬干，用钉钉子的精神，才真正取得实效。

多则惑，思想要纯洁明了。君子慎独。一个人在异地他乡，远离家人亲人朋友，思想上既有安静、宁静、反思、反省之修心之用，又有胡思乱想、私心杂念之惑。所以，务必慎言、慎行、正念、正行。雪山、峡谷、草原、湖泊、牦牛、经筒、蓝天、白云，自然规律、社会规律、历史规律、因果规律如同一只只无形的手，在指挥世间万物，如同一双双眼睛在注视着我们，拷打着我们的灵魂。为此，一定要心生敬畏，去私去欲，心静如水，心明如镜。

希 言 自 然

和苏耀辉先生是多年好朋友，许久不见，见面甚是亲切热情，我们说说过去，谈谈未来，话不在多，自然而然。悉知苏先生经过多年的打拼，带领团队将企业做成全国行业的知名品牌，深受资本市场的青睐，事业发展前景喜人，深表祝贺。

前些年，遭受禽流感冲击，苏先生的事业受到许多损失，我们安慰说，**飘风不终朝，骤雨不终日。天地尚不能久，而况于人乎?** 更况于禽乎? 坚持就是胜利，相信科学，相信政策，相信市场，相信规律。终于，苏先生挺过难关，走向新的未来。

胡须鸡被誉为广东"三大名鸡"之一。几十年来，苏先生专注胡须鸡种苗的研发、保种，为国家畜禽良种繁育体系做出重要贡献，丰富广大人民群众的菜篮子，不但满足广东、广西、湖南、湖北、江西等地鸡种苗供应，培育出许多优良品种，而且还专门配送珠三角和港澳台地区深受百姓的喜爱，市场份额逐年上升。一个人，一年做一件事不难，难的是一辈子坚持做一件事。这背后，与其说是远见和努力，还不如说是意志与坚强。**同于道者，道亦乐得之;同于德者，德亦乐得之。**我请教苏先生一路走来的创业体会，他淡然一笑说，事业人生，好之乐之，老实做人，踏实做事。

欲 速 则 不 达

企者不立，跨者不行。

我的毛病之一是贪快求全，有时急于求成。我5岁入那行小学上学读书，10岁考上陈村中学念初一，由于太小好玩，调皮捣蛋，成绩很差，加上寄宿，父母放心不下，机缘巧合，又重新回到红花小学插班读五年级，在昆哥和王日添老师的悉心教育指导下，一年后，幸运考上电白一中。

如果说这段经历是命运偶然，那么在初中心浮气躁导致中考失败却是苦果必然。由于初三落榜未能考上中专和重点高中，到水东中学读高中，从高一开始，自己勤奋学习，杨庆松老师开小灶补课，成绩又开始好起来。在全县数学、物理等竞赛中多次获奖，小论文《零在计算中的作用》获青少年科技发明二等奖，在全校师生大会上受到表扬。头脑发热，得意忘形，又飘飘然起来，竟然自不量力决定高二参加高考，结果高二当年没考上，高三应届时还没考上，只考了547分，不够国家统招的大学本科分数线。

临近当年九月开学，我心情十分失落，每天沿着家门口的马路从东走到西，从西走到东，来回彷徨。母亲见状十分担心，总是安慰我说，考不上大学没关系，年轻人有气有力，去打工也能养活自己。我跟父母说，还想读书。于是，父亲买了两只母鸡、一桶油、一包花生去湛江找我的表叔陈永清，永清叔叔热情地接待了我们父子俩，了解情况后，鼓励我回去复读一年，父亲听了永清叔叔的话，决心支持我复读。

回家后第二天，父亲将家里的耕牛卖了，这头水牛是不久前家里花 1 200 元买来的，家里人口多，米不够吃，计划秋季多租些田来种，多打些稻谷。因急于找到买主，只 1 000 元就卖了，父亲给我 600 元交学费，余下 400 元作伙食费，鼓励我不要灰心，好好读书，争取第二年考上大学。家里卖牛的那天晚上，晚饭时我不敢坐上饭桌，端了一碗饭，夹些空心菜，倚在门框边上，想到父母的艰辛，眼泪不禁夺眶而出。那一刻，我懂得了奋斗，也懂得了脚踏实地。

一年后，我以 647 分的成绩考上全国重点大学华中农业大学。当高考分数公布后，我早晨跑回家告知父母喜讯时，父亲、母亲正在地里拔草种丝瓜，太阳刚刚升起，日出云开，朝霞满天，如同一张笑脸，感到父恩如山，母爱似海。

产　业　扶　贫

　　欧亚儒先生在贵州黔西南地区发展种植业、养殖业，立足当地资源优势，以产业项目为依托，组织合作社以订单农业的方式，带领农民群众脱贫致富，成为当地产业扶贫的示范。

　　2012年春季，我去贵州蹲点调研一个月，沿路去了贵阳、遵义、毕节、六盘水、安顺等地，深感国家对贵州发展的高度重视，深感贵州各级政府和广大干部群众加快发展的决心和干劲，深感扶持产业对贵州今后发展的重要作用。根据调研情况，我们提出了一些政策建议，受到领导和有关部门的关注和采纳。总体来说，贵州目前属于经济欠发达地区，还有部分农户、农民尚未脱贫，全面实现小康、全力打赢脱贫攻坚战已成上上下下的共识。

　　贫困非一日所致，脱贫也非一日之功。这既要政府政策支持，又要群众自力更生，还要社会各方大力支持。需要一大批如欧亚儒先生一样的企业家，具有强烈的社会责任感，着眼产业发展长远大计，形成发展产业、产业扶贫、百姓致富，促进产业的良性循环。

　　大曰逝，逝曰远，远曰反。一个人，成长之后将会离开故土，走向远方干事创业。成就事业之后，如果能不忘初心，怀着感恩，回报人民，回报社会，回报众生，这样的人，就是高尚的人。

产业扶贫直接扶的是产业，间接扶的是人。这样的好处，好就好在将扶贫输血变成产业造血，不仅是产品实物扶贫，还是科学技术帮扶；不仅是解决燃眉之急，还是从长计议。**人法地，地法天，天法道，道法自然。**如同产业扶贫，我们做人做事，都应遵守规则，尊崇规律，尊重人性，才能抓住关键、见到成效、利于长远。

科 学 家 精 神

科学是人类文明智慧的结晶，是推动社会进步的重要力量。历史发展需要科学家，时代呼唤科学家精神。

程运江老师是一名年轻的果树学教授，我们相识十多年，偶尔一起交流，探讨科学与人文、科学与科学家精神，深受启发。我们认为，成为一名名副其实的科学家，首先要具有科学家精神。这种精神除了追求真理、实事求是、勇攀高峰、坚持不懈、淡泊名利、刻苦攻关等诸多品质之外，最重要的是科学信仰和执着稳重。

科学路上，发明创造、揭示规律、集成创新，需要十年如一日，甚至穷尽一生之光阴和精力。如果没有执着的理想信念，心浮气躁，往往在科学门外。**重为轻根，静为躁君。是以圣人终日行不离辎重。**沉下心来，立志科学，坐上十年冷板凳，方能登堂入室。经过多年的努力，学术上有所建树，科研上取得成绩，一些荣誉随之而至，这时要做到心静如水，挡住诱惑，达到**虽有荣观，燕处超然**的境界。

轻则失本，躁则失君，作为新时代青年科学家，一定要不失根本，力戒浮躁，专心致志，追求真理，为国奋斗！

要　妙

　　女儿小时候喜欢吃橄榄菜，我经常到家附近超市买，超市卖的有一个蓬盛品牌，包装小巧精美，玻璃瓶装的，刚好一个星期吃完，空瓶子洗干净，装些盐、糖等炒菜佐料，一举两得。

　　有一次我到汕头出差，偶遇史定生先生，才知道史先生是蓬盛橄榄菜企业的创始人。我向他请教橄榄菜的制作工艺，史先生从种植、收获、清洗、晾晒、加工、腌制等方面，做了系统详细的介绍。同时说到橄榄菜作为老百姓喜欢、潮汕特色的腌菜食品，已成为地方的饮食文化，将作为非物质文化遗产保护下来，以百年老店的目标，代代传承，发扬光大。

　　一瓶小小橄榄菜，卖广东，卖全国，卖世界，靠的是味道、质量、技术、品牌、信誉，更靠一种企业文化，这是企业的灵魂，是企业发展壮大，久盛不衰的要妙。

　　文化如水，微妙神通，**善行无辙迹，善言无暇谪，善数不用筹策，善闭无关楗而不可开，善结无绳约而不可解**。这种企业文化的本质就是企业秉承为社会百姓造福的济世情怀，依靠精益求精的产品、**无弃人无弃物**、人尽其才物尽其用的卓越管理。

知　与　守

广东领航 100 资本研修班 100 多名广东优秀青年企业家到北京学习考察，我带领他们一边参观顺义临空经济核心区、燕京啤酒等园区和企业，一边交流企业转型升级，跨界融合发展的看法。

青年企业家们说，许多企业从过去的商业地产，适应时势变化，抓住机遇，已向投资、金融、教育领域推进，成为多元化、多板块、多产业的企业集团。在这过程中，最重要的是处理好知与守的关系，提高"知"的能力，做好"守"的决策，这两点做好了，事业将一马平川，兴旺发达。对此，我深表赞同。古语云，**知其雄，守其雌，知其白，守其黑；知其荣，守其辱**。人的一生，就是认识世界、适应世界、造福世界的过程。认清前方的路，走好自己的路，就是人生的两大使命。

知，就是认识要全面。深入调查研究，了解所处环境，认清面临的形势，知晓自身的基础条件，将客观与主观结合起来思考。站在全局和战略的高度，系统把握事物的各个要素、因素，分析它们之间的关系，找出逻辑和规律。全面了解事物的历史背景及现实情况，分析其原因、特点和趋势，对未来做出科学研判预见。

守，就是选择要正确。认识判断之后，就要做出决定和选择，按怎样的办法、原则去选择才是对的？首先，要考虑利弊，既要想到利益更要评估风险。其次，要分析可能性、可行性，制定的计划能落地、能操作、能实现。再次，定位要准确，策略要科学，稳扎稳打，一步一步地达到目标。

简　约　生　活

在城市生活久了，总向往乡村田园。

一日，约请海天、庆捷、子健先生，一起品茶喝汤，谈养生养身。子健出差在外，海天、庆捷过来了，我们交流十分高兴，开心开怀。在匆匆的城市脚步中，如何放慢工作生活节奏？在繁杂的日常事务中，如何放松心情精神？在五光十色的世界中，如何放下我们的灵魂？简约生活，就是一剂良药。

去甚。思想方法切合实际，思维方式科学合理，以平和的态度，客观的眼光待人接物，不走极端，不钻牛角尖，不扛死理，不偏激狭隘。

去奢。一丝一缕当思来之不易，万物皆有生命，应该爱之惜之，不可奢侈，不能摆阔气、讲排场和铺张浪费。古人说，人之一生，多少米、多少饭已有定数，浪费物质就是折寿损命。

去泰。有多少德福，才有多少享乐。德才兼备，才能勇挑重担，堪负重任。要把欲望建立在道德和才能之上，不可有脱离实际的非分之想，适可而止，不过头，不过分，不过界。

物　壮　则　老

事物发展到一定程度，必然走向反面，所谓物极必反，**物壮则老。**

经过多年的奋斗，有了小进步，取得一点小成绩，鲜花笑脸来了，表扬吹捧多了，渐渐有了飘飘然的舒服感觉，忘了当初的艰难困苦，忘了前方的挑战，于是在一片赞歌中迷失方向、沉沦堕落，危险不知不觉来了，接着就是衰败、失败、一败涂地。

有了点成绩就骄傲自满，这是人性的弱点，更是干事创业的大忌。克服这个毛病，必须学会谦让，从内心深处认识到骄矜的危害性，自觉提升思想境界，放大格局，放眼长远，树立新目标，提出新要求，找出新路径，将成绩视为过去，让一切归零，放低姿态，扑下身子，接好地气，脚踏实地。

奋斗路上，永远保持一颗童心，永远保持一份青春的激情。永不自满，永不放弃，戒骄、戒躁、戒巧、戒得。

血　　性

二十世纪七十年代出生的人，大多都有一个军人梦。

我小时候的梦想是当一名飞行员，经常梦见自己开着战斗机飞过自己的家乡。如果遇上露天电影放战争片，我和小伙伴们翻山越岭，走几公里山路去看。深刻印象的电影有《南征北战》《地道战》《解放石家庄》《小兵张嘎》《上甘岭》《渡江侦察记》等，叫人看得热血沸腾。后来小学识字后，我爱看《西游记》《三国演义》《水浒传》连环画，如痴似迷，手不释卷，百看不厌。

长大后，翻翻书，意识到一部人类史，在·定程度上就是战争史。为了弥补没进军营的遗憾，我找了许多关于战争的书籍看，古今中外的军事名著，如《孙子兵法》《战争论》《论持久战》《六韬》《战略论》《曾胡治兵语录》等，还有中外军事史方面的书籍，整整花了一年多的时间研读，很有收获，从千百年以来的刀光剑影中懂得男人的血性。但仍觉知识不足，理论功底不够，打算去国防大学读一个战略学的博士后，打听后需要脱产学习，因工作繁忙只好作罢。前些年，家里买了大电视，平时有空在家里，几乎将 7.0 分以上的战争电影全看了，遇上战争电影上映，不管多忙，一定去看。

部队是青年人成长的熔炉。哥哥、姐姐、妹妹的孩子报名去部队当兵，我十分支持鼓励他们参军入伍。他们在部队表现优秀，纪律意识、身体素质、思想政治、业务技能都有了明显提高，爱国主义、集体主义、国防观念、国家荣誉都得到增强，我为他们的进步感到高兴，为他们成为人民子弟兵感到自豪。

　　当今世界，一切靠实力说话。一个人，一个单位，一个国家，没有强大的实力，就没有话语权。一个强大的国家，必须要有强大的国防力量作为保障。没有强大的国防力量，我们的安全就会受到威胁，和平无从谈起。当然，**兵者不祥之器**，要慎之又慎。但是，养兵千日，用兵一时，国家一旦有需要，就是中国军人血性爆发之日，为国家而战，虽死犹荣。

世　界　眼　光

出了门，才知中国这么大；出了国，才知世界这么大。我去过十多个国家，在国外时间长的有两个多月，短的有一个星期，大多数是走马观花，浮光掠影，更多是表面上的直感和粗浅印象，对国外没有系统、全面、深入的研究，所以对国外的了解认识，特别是对世界历史文化、政治经济以及格局发展变化的认识还停留在低层次上。

中西方国家历史文化、政治、经济、社会有诸多不同，学习借鉴国外发达国家的先进经验和文明成果，可以加速我们的现代化进程。同时通过贸易合作、文化交流、人才引进，实现资源的合理化配置，促进双方互惠互利、平等合作、发展共赢。树立世界眼光，看清发展大势，适应世界潮流，引领时代风尚，共同打造人类命运共同体。

雷博先生曾在欧美同学会工作，我向他请教国外一些国家的创新模式，了解大国崛起及兴衰启示，颇受教益。**天地相合，以降甘露。**在学习运用世界先进技术成果的同时，还要与国情结合起来，根植中国土壤，这样，我们的事业才能根深叶茂，开花结果，硕果累累。**名亦既有，夫亦将知止，知止可以不殆。**出国学习工作生活一段回来是名，要把名变成实。近年来，国家欢迎归国人员回来创新创业，出台一系列支持政策。我们要倍加珍惜祖国荣誉，以赤子之心，报答祖国培养，为实现中华民族伟大复兴而奋斗。

非 物 质 文 化

　　一日上午，北京非物质文化遗产技艺传承协会会员大会在北京城市学院召开，陈秋荣老师主持，会长籍之伟老师做协会工作报告，李金斗、郭鸣、陈建国、胡滨、邱运华、张迁、柏群、王杰、张伟、卓凡、林煜峰、陈进林等专家出席并发言，田培源老师代表学校做了讲话，曾玉红老师和我参加会议和论坛活动。

　　非物质文化是中华文化的重要组成，是老祖宗留给我们的宝贵遗产。以燕京八绝为代表的首都非物质文化遗产源远流长，以协会为平台和纽带，联系一批教育、研究、产业等领域的专家、学者、企业家和关心支持非物质文化遗产工作的人士，他们做了许多卓有成效的工作。

　　做好非物质文化遗产的挖掘、保护、开发、传承和人才培养工作，意义十分重大，这是一代人的历史责任。筹备成立一个协会不容易，运行好一个协会更难，要用非物质文化遗产的要求去建设好一个协会，使之成为中华老字号的百年老店。

　　思想立会。**不失其所者久，死而不亡者寿。**协会宗旨是协会的灵魂。理事会要始终实践协会的宗旨，不偏不离，通过努力形成有特色的理念和氛围，引导激励会员齐心协力为协会做贡献。

人才兴会。**知人者智，自知者明。**选举德高望重、有能力又热心为大家服务的协会带头人，本着优中选优、结构合理、互补合力、团结协作的原则，物色优秀人才组建协会班子，凝聚一批大师和青年才俊，形成人有舞台，人尽其才的发展局面。

制度建会。**胜人者有力，自胜者强。**注重加强协会自身建设，科学设置工作部门，制定相关规章制度，规范协会运行，形成激励、制约的考核机制，用制度管人管事管权，使协会在阳光下运作。

事业强会。**知足者富，强行者有志。**既要有远大理想，又要脚踏实地，干一件成一件，打一仗长一智，善于总结经验，丰富实践成果和理论成果，认识把握协会规律。同时不骄傲不懈怠，顽强不屈，勇猛精进，做大做强协会事业。

雁　归　来

福建省闽商资本联合会创会会长、南安市欧美同学会会长黄华春先生来北京参加会议，会间我们一起交流，他介绍在国外留学和回国后创业的情况，特别是创建南安市欧美同学会，从无到有，积极争取当地党政主要领导支持，实现有待遇、有编制、有人员、有职能、有经费的人民团体，为搭建福建与海外联系发挥了桥梁纽带作用。

在这过程中，华春先生不辞辛苦，奔走沟通，以公心、真心、诚心取得各方的信任和支持，可谓功不可没。交流中，华春先生既展现出年轻人积极向上的精神风貌，又处处谦虚内敛，可谓**功成而不有，以其终不自为大，故能成其大**。

改革开放以来，一批又一批的青年走出国门，到国外发达国家留学，然后学成归来，像一群归家的大雁，立足神州大地大展宏图，在各行各业做出积极贡献，涌现出一批如黄华春先生一样的优秀归国学子，成为报效祖国、造福社会的一道青春风景。

这些学子，通过在国外刻苦学习，独立生活和工作实践，学习新知识，树立新理念，弘扬新风尚，建立新友谊，抓住新机遇，开拓新事业，成为新时代中国特色社会主义事业的建设者。

　　为他们喝彩，为他们祝福！衷心祝愿他们在未来取得更大的业绩，实现人生的理想。

执　大　象

执大象，天下往。

做人做事如能大象走路一样，沉稳又踏实，将会赢得社会的信任和尊重，机会和利好就会随之而至。这种品德是学来的，更是修来的。只有持久以往的修身明性，内外兼修，才能达到"大象"的境界。

我们向苏忠先生学习交流文化旅游产业融合发展和企业经营管理。他对文旅产业和国家政策十分了解，企业数据了如指掌，经营管理经验丰富，注重班子建设和人才培养，注重规划指导和项目推进，将务虚与务实结合起来，相得益彰。他说，企业管理就如执大象，将一个企业管好管出效益，就是要抓住规律，按规律去管理、运营企业，这样企业才能步入正轨，走上快速发展、不断壮大的道路。这个规律，如同**道之出口，淡乎其无味，视之不足见，听之不足闻，用之不足既。**认识它、掌握它、运用它很不容易，要用心去学习、观察、思考、实践和体悟，才慢慢摸到一些门路，日积月累，才能达到运用之妙、存乎一心的境界。

我，深有同感，深表赞同。人能弘道，以道弘人。

柔 弱 胜 刚 强

将欲歙之，必固张之；将欲弱之，必固强之；将欲废之，必固兴之；将欲夺之，必固与之。是谓微明。柔弱胜刚强。鱼不可脱于渊，国之利器不可以示人。

一个人，一个单位，一个国家，从无到有，从小到大，无不经过艰辛的奋斗，走过千山万水，历经千辛万苦，历尽千锤百炼。我们既要有远大的战略眼光，又要有灵活管用的策略办法。政策和策略是事业的生命。没有办法，不讲策略，我们就会束手无策，被困难打败，被问题困住。

要深入调查研究，准确判断形势，做到知己知彼。战略要坚定，策略要有效。策略为战略服务，善于运用正反两手、奇正两策，善于正面出击、侧面进攻结合起来，善于处理好放弃让步与获取胜利的关系。既要从长远处着眼，又能从近处易处着手，通过科学的办法，创造机会、机遇和打破僵局的条件，寻找容易突破的切入点和路径，从而避实就虚，实现成本最低、代价最小。

要学会依靠，建立根据地，健全组织体系，完善权力运行体系。善于发挥组织的力量。一个人的力量是有限的，但集体的力量是无限的，智慧是无穷的。一个人离开组织，离开集体，离开根据地，就会势单力薄，没有凭借，一事无成。自觉加强自身建设，提高增强发展的势力、实力和创新力。要有自己的核心竞争力，而且懂得内敛收敛，关键时刻拿出来、用得上、打得赢。所以说，真正有本事的，都是有修养和内涵的，是大象无形、大智若愚、淳厚朴实、浑沌厚重、谦逊低调、平平常常的，甚至有些傻乎乎的。

潮 白 讲 堂

2018年12月6日，北京城市学院潮白讲堂正式启用。当代文坛泰斗、文化部原部长、中国作家协会名誉主席、著名作家、学者王蒙先生应邀莅临潮白讲堂开讲，为师生做了题为《文化自信与中华传统》的主题报告。全校近千名师生代表参加，我主持。

报告会前，王蒙先生与刘林校长共同为潮白讲堂揭牌，我介绍了潮白讲堂的意义和内涵。潮白讲堂是刘林校长广泛征求各方面意见和专家建议之后所起的名字。讲堂以"潮白"命名，一是缘于城市学院地处潮白河流域；二是取《诗经》"沔波流水，朝宗于海"诗句，寓意学校源于海淀，不忘初心，又勇立潮头、弘扬先进文化之意。讲堂面积达1 440平方米，可容纳1 200多人，已成为学校重要的学术交流中心，将在校园文化建设中发挥重要作用。

报告会上，王蒙先生结合他丰富的人生阅历和文化感悟，围绕中华文化之源、历史文化思想精粹、文化历史变迁、中西文化比较等方面进行讲解，系统阐述了新时代中国特色社会主义文化的基本内涵、核心价值、历史意义等，并就高校如何提升文化自觉、增强文化自信、做好文化传承提出了有益建议。在近一个半小时的报告中，王蒙先生幽默风趣的语言、生动形象的比喻、深入浅出的诠释赢得了阵阵掌声，为广大师生带来了一场精彩的文化之旅。王蒙先生在精彩的讲座之后，与在场师生进行了互动交流。大家争相提问，王蒙先生妙语连珠，气氛十分热烈。

报告之后，我们陪王蒙先生在校园里散步，请教他两个问题，一是如何做到 83 岁的高龄仍然保持健康的体魄呢？王蒙先生说，要做到手动、脚动、脑动、口动，前 3 个做到不难，难的是口动，要说话，要与人交流，一起讨论问题，将口与心、口与脑打通，连起来。二是如何理解**道常无为而无不为**，王蒙先生说，无为是条件尚未具备和时机还不成熟时候，就不要乱动妄为，否则就会莽撞吃亏。无不为则反过来，当条件和时机适宜时，就要抓住机遇，积极行动，有所作为。听后，我深受启发和教育。

大　丈　夫

一日，我到顺义区委组织部，汇报筹备顺义首届博士论坛事宜。随后，拜会禹学垠部长，请示论坛定位及成果转化问题。他赞同我们的方案，请来王彦利、姚国柱、刘红岩同志一起商量，并就全区干部人才培训、智库建设、基层党建等方面提了要求，委托我们办好三件事：

一是启动实施全区党政后备干部海外培训项目，依托高校分期分批组织顺义党政机关后备干部到国外名校培训，每期 30 人左右，时间 100 天，一年组织 3 期 100 人，暂称顺义"双百工程"。通过专门的高层次培训，培养一批具有世界眼光的国际化人才和领导干部，为推进北京国际交往中心功能建设储备干部，为建设国际人才社区培养人才。

二是启动实施乡村振兴战略农村后备干部培养。实施乡村振兴战略，建设美丽乡村，需要一大批农村干部。借鉴有的地方设立农村党校、农民讲习所的经验做法，建立农村后备干部培养基地，大规模培训村支书、村主任、村干部后备、农村青年带头人、农村能人，提高后备干部的综合素质，提升农村青年的就业技能和创业本领，采取"培训＋考证＋就业"的模式，将培训与素质提升、就业增收、创业致富结合起来。

三是启动实施非公经济企业家培训。弘扬优秀企业家精神，通过优秀企业家的示范模范带动事业的发展，持续推进非公经济党建工作，实现党建工作基层全覆盖。将培训班建设成一个智库，汇集大家的意见和建议，有的可以转化为区委区政府的工作措施，有的可以往上级呈报，建言献策，为上级部门和领导决策提供参考。

从学垠同志办公室出来，已是下午 6 点，外面华灯初上，北风凛冽，冻得直打战。一想起上面这三件事，不禁又热血沸腾起来。新时代需要新担当，一年过得飞快，必须争分夺秒，马不停蹄。**大丈夫处其厚，不居其薄；处其实，不居其华。**要以厚重务实的精神勇于担当，从小事做起，从一件又一件事干起，不负组织信任，不愧领导期望。

小　宁

欣悉王小宁同志提任到国家医疗保障局工作，深表祝贺。

小宁在国家发改委工作多年，在多个重要司局岗位工作，他担任部委团委书记时，我们认识的。后来我们一起参与组织开展了"根在基层"实践调研活动，在活动中我们加深了认识，增进了友谊。我向小宁学习了国家发改委中青年学习论坛、青年读书会的成功做法，同时一起探讨共青团和青年工作的特点、规律，怎样为青年成长成才更好地服务，小宁常有高见，体现出良好的理论素养和实践能力。

这次小宁到更重要的岗位和平台工作，一定能进一步施展才华，做出贡献，不断进步。

贵以贱为本，高以下为基。我和小宁都是大学毕业之后，通过中央国家机关公务员考试到部委机关工作，深知国家机关的重要职责，一是调查研究，二是制定政策。做好这两项工作，机关青年必须牢固树立基层为导向的意识，走出机关大门，深入基层实际，向基层群众学习，与基层同志交朋友，千方百计为基层办实事，办好事。引导组织广大机关青年到基层一线实践锻炼，见世面，经风雨，增进与基层感情，提高做群众工作的本领，锤炼为民务实的作风。

知　行　合　一

　　知与行，是人生的两大课题。在改造客观世界的同时，自觉改造主观世界，将世界观与方法论统一起来，实现认识与实践的统一，做到知行合一。

　　天下万物生于有，有生于无。世界首先是物质的，物质是人们认识世界的第一感觉，第一直观。以物质为基础构建起这个千姿百态的现实世界。世界又是精神的，包括思想、意识、文化、宗教、观念、思维等要素，这些要素创造和产生新的物质。物质决定精神，精神又反作用于物质，两者互为作用。

　　反者道之动，弱者道之用。事物是对立而存在，事物的运动变化是朝着对立的反方向发展，而且是循环往复，具有周期性和反复性。在向前方运动过程中，当未到达临界点或极点时，表现为正方向和正能量；当越过临界点之后，就朝反方向对立面运动，这时体现为反方向和负能量。在循环运动过程中，起点也是终点，终点结束意味新的起点开始。柔弱是道的功能，也是安身立命的方法。当事物以柔弱的形态出现时，容易被外界和环境接受，容易获得支持，也容易使对手放松警惕，从而避实就虚。

好 为 人 师

在父母和亲人的教育、支持下，我自小坚信知识改变命运。一路走来，自觉发奋读书，刻苦学习，考上大学，找到工作，在激烈的社会竞争中站稳脚跟，养家糊口，安身立命。这么多年来，我一直在想也在做，如何教育好下一代，让他们秉承耕读家风，更好地成长成才，成为对社会有用的人才呢？

每次回老家，尤其是春节、中秋、清明节假日，时间较长，我就分别找家族中年轻人谈心，谈过话的有晓珠、伟强、伟侨、伟文、诗霞、秋霞、启东、远东、标东、庆英、丹媚、家伟、诗婷、晓霞、晓英、晓媚、强森、强辉、林仔、春仔、亚艳、小虎、小霸、子明、兴强、兴辉、小云、小伟、小明、杨恒、杨坤、杨伦、杨懿纯等，这些青年人都认真听我讲话，我也了解他们内心的真实想法、困惑和打算，帮助他们出主意、想办法，提出一些好的建议供他们选择。更多的时候，我是结合自己几十年的求学、工作经历，勉励他们多学习、多思考、多付出，做到勤奋刻苦、积极向上、尽心尽力，以劳动汗水浇出胜利的果实。

上士闻道，勤而行之；中士闻道，若存若亡；下士闻道，大笑之。由于各人资质不同，年龄不同，阅历不同，对于我的谈话，有的人理解多些，有的人理解少些，但是青年人的态度是认真的，更是虚心请教的，我自然十分高兴，耐心诚恳地与大家交谈，往往一谈就半天，后面的还在排队。

谈话过程中，我发现每个人的长处和不足，加以鼓励、肯定、引导和提醒。当然，最后要提出希望和要求，即是布置作业，交代 1～2 项任务，定下时间去完成，完成好给予什么的奖励，完成不好将受到怎样的责问，事先说好，形成契约。总之，我是真心为他们好，希望年轻人健康成长。

根据年轻人的学习工作需求，结合各自的特点和能力，我力所能及地联系提供一些学习、实践、锻炼的机会，让他们在工作实践中，在具体事务中提升素质，提高就业、创业、谋生的本领。每过一段时间，我再与他们一一交流，了解工作进展，一起总结得失，形成经验，要求大家做到对的坚持、错的改正，听取他们今后的打算，将他们引导到正确的发展轨道上来。

我经常提醒年轻人做人要正，做事要实。一步一个脚印，扎实稳重，不要心浮气躁，急于求成，坚信功到自然成，大器晚成。要求他们要从有形的工作中体会出无形的道理，善于掌握规律，靠经验去生活工作，同时加强自身修养，培育优秀品质，达到**大方无隅，大音希声，大象无形**的境界。

生 生 不 息

道生一，一生二，二生三，三生万物。

夜深人静，我常思考我是谁，我从哪里来，我将到哪里去？这个世界从哪里来，又将走向何方？有困惑，有明了。

小时候，夏天夜里，我躺在竹椅和凉席上睡觉，仰望星空，繁星满目，银河清晰可见，流星偶然从头上飞过，像长长的烟花。那时候，我们小伙伴白天上学，放学后放牛，与小伙伴们玩，一起捉鱼摸虾、捉迷藏、"打假仗"，日子是多么开心快乐，世界是如此这般美好。只是想到未来在哪里，能否考上大学，心头才掠过一丝淡淡的忧伤。偶尔也想到，我们是怎样来到这个世界的，这个世界又是怎么来的。我小时没想明白，也没人告诉我答案，一直带到现在，我想，只有用一生的实践去解开这个谜底。

生生不息，让世界这般美好，充满生机活力。一个人，从诞生开始，到恋爱结婚，成家生子，再到孙子，几代同堂，代代衍生下去，既是血缘血脉传承，又是家风家教代代相传。一个物，从无到有，无论是植物、动物还是物体，在岁月的长河中，顽强生长，随遇而安，如蒲公英，寒风吹起，花落荒野地，春暖又花开。一件事，从小到大，从念头到思路，从思路到实践，从实践到事业，一路奋斗，苦难铸就辉煌。

物归道，万物归一。人、事、物，寻根溯源，总能找到它的主宰，这个思想和灵魂的主宰，决定了事物的性质、本质和形态。眼前千姿百态的现实世界，看似不同，又是相同，总能统一于一个共同的价值观，这就是真善美和爱。

万物负阴而抱阳，冲气以为和。事物是对立而统一存在，有对立就会有矛盾，有矛盾就有冲突，有冲突就有胜负，有胜负就有和平。实现阴阳平衡，能量和力量就会达到平衡，事物就会达到平和的良好状态。矛盾使人进步，平衡达到平和。要进步就要自觉树立对立面。正方向的对立面可以是新的奋斗目标、新的更高的要求，反方向的对立面可以是困难、困境、挫折、竞争对手等。

育 儿 经

教育儿女是父母的责任，也是一生的大学问。

科学有效的教育理念和方法，如沐春风，润物无声，达到**天下之至柔，驰骋天下之至坚**的境界，使孩子终身受益。父母是孩子的一面镜子，言行举止，无不影响孩子的成长和成人，所以我们既要言传又要身教，真正行**不言之教，无为之益，天下希及之**。

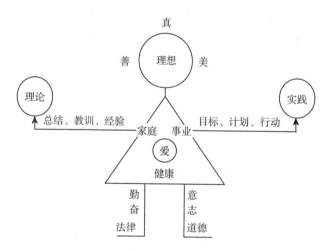

我为了教育女儿，将我对她的期望和要求画成一张图，写上 36 字真言，挂在家里墙上，孩子每天上学出门、放学回家都能见到它，潜移默化，入脑入心。

心：心中有爱。要有爱心，用爱的心境去待人处事。

对美好的事物，学会欣赏、赞美、感恩；对不好的事物，学会宽恕、宽容、包容、体恤、慈悲、怜悯。热爱生命，热爱生活，热爱自己，热爱他人，热爱这个世界，热爱我们拥有的一切。

头：做一个有理想有追求的人，以真善美作为人生的价值标准，成为一个真实的、善良的、美丽的人。

肩：一头担着家庭，一头担着事业。首先把家庭建设好，过上好日子，将家庭建设成为幸福、美满、温馨的港湾。同时，要努力奋斗，热爱从事的工作，拥有成功的事业，实现人生的价值。

身：身心健康。把健康作为事业、家庭的基础，作为一切的根本保障。要认识到失去健康就失去一切，有了健康，一切才有意义。自小要树立健康的观念，做到合理膳食、适当运动、充足睡眠、心情愉快。

手：靠双手打拼人生，一手抓行动实践，一手抓理论总结。每件事坚持做到有目标、有计划、有行动、有总结，善于总结经验教训，对的坚持，错的改正。相信世上一切幸福生活都是双手创造出来的，爱拼才会赢。

腿：双腿要勤，做一个勤奋积极之人。业精于勤荒于嬉，把勤奋作为人的第一品质，勤能补拙，天道酬勤。双腿还要强，做一个意志坚强之人，无论风平浪静还是风吹雨打，都能站稳脚跟。顺利时，挡得住诱惑，经得起风华。不顺时，经得起挫折，受得了磨难，自省自强，走出困境。

脚：坚守法律和道德的底线，不违法乱纪，不违良心，不负天地。

人 性 的 弱 点

　　人性最大的弱点是贪心。往往得到的不珍惜，没得到的却想占有，总想把别人的变成自己的。这是人性的劣根性，也是德性的大敌，更是人生的巨大危险。

　　甚爱必大费，多藏必厚亡。知足不辱，知止不殆。 为什么甚爱多藏必大费厚亡？这是因为过度了，过了临界线就是危险线，将导致品德不齿、担当不力、行为不当，有多大的品德才能，就有多大的责任担当。

　　如同一个人挑水一样，没有 100 斤的力气，偏要去挑120 斤的担子，肯定把腰压坏了。这是自讨苦吃，自找麻烦，自寻痛苦。天下没有免费的午餐，没有掉下来的馅饼，付出才能得到，百分之百的付出才可能有百分之一的希望和坦然。不属于你的，你偏要想得到，贪婪就如一条毒蛇，看起很美，实质极其危险，不可不戒，必须清醒地认识自己，知足知止，放下放开放手。

　　人生是一次又一次的选择，既要学会得到，更要懂得放弃，舍弃才能得到。贪婪使人疯狂，从疯狂走向深渊。自足使人富裕，从富裕走向文明。

遗　憾

大成若缺，大盈若冲，大直若屈，大巧若拙，大辩若讷。

人生充满欢乐，人生也有遗憾。往往有几多欢乐，就有几多遗憾。遗憾是一首歌，悲切又伤感；遗憾是一杯酒，苦涩又心醉；遗憾是一种美，让我们看见世界的侧面和风景，从而珍惜当下的拥有和美好。一路走来，我也有许多遗憾。

父亲。父亲是 1997 年底去世的，享年 58 岁。当时我刚参加工作半年，在广西出差，听到噩讯很突然，连夜赶回老家，匆匆见上父亲一眼。父亲一生操劳，勤俭持家，善良忠厚，爱人助人，却没有享过清福，我们没有尽到孝心，想起来常感难过，愿父亲在天堂一切安好。

学英语。从初中开始就学英语，硕士、博士考过，专门脱产学习半年，去过十几个国家，在英国呆了 3 月，加拿大两次学习培训，投入大量的时间和精力，直至如今，还未真正突破，未达到听说读写流利自如的程度。与其说是遗憾，不如说是自己笨。这口气已憋多年，总有一天，一定要超越这个语言碍阻。

音乐。受昆哥唱戏、统哥弹琴熏陶，我自小耳濡目染，对粤剧戏曲感兴趣。上大学一年级时，担任系文艺部部长，热衷音乐，专门拜师学了半年吉他，还学了三个月声乐，后来到校团委担任主要学生干部，加上又辅修贸易经济专业，无暇顾及练琴练声，只摸了下乐器皮毛，中断了，与音乐擦肩而过。

清华博士。2002 年 6 月我在北大政府管理学院修完研究生学业，获得管理学硕士学位。打算一鼓作气，报考清华大学法学院法学专业博士研究生。暑假，我买了许多入学考试书，有专业的，有英语的，专门拜访了高其才教授等几位导师，请教复习事宜，当时想考清华博士，目的是体会下清华的校风，感受"自强不息，厚德载物"的清华精神，然后与北大做一比较，进一步丰富提高自身的学识。后来了解到每科平均 85 分才能考上，还要脱产学习，权衡再三，只好作罢了。

买房。2002 年前后，小孩出生不久，岳父母来京到家里照顾我们，当时房子 60 平方米，狭小住不下，我和爱人商量卖掉小房子去买一个大点的，这样全家住得宽敞舒服些，我们在团结湖周边看了好多地方，当时贵的楼盘 10 000 多元/平方米，均价 7 000 元/平方米左右，老人说想将家里老房子卖掉支持我们，我们觉得老人奋斗一辈子盖好家里房子卖掉可惜，另外觉得老家有个房子是乡情的联系，春节和节假日回去人来人往住得热闹，如果房子卖了住宾馆就没有这种感觉，我们就不同意将老家房子卖掉。当时我们也没有贷款买房的意识，觉得部委机关还可以分房，再等等升职提级了，就可以分到大一些的房子，改善居住条件，所以错过了当时买房的机会。

博士服务团。2007 年 6 月博士毕业，当时三十出头，朋友建议参加中组部、团中央组织的博士服务团，到西部艰苦地区挂职锻炼，在基层一线实践中提升能力、丰富经历。我大学毕业就到部委机关工作，从家门到校门到机关门，每天开会、写文件，文来文去，总感觉心里空空的不踏实，到基层见见世面，接触具体事情，与基层同志和老百姓打交道，补好基层课，对成长是有益的，于是我报名了。挂职去向，一年是广西来宾市副市长，一年是湖北黄冈市副市长，一年是云南农业厅副厅长，都由于机关工作繁忙，未能如愿。后来，经组织选派，到北京市挂职顺义区人民政府区长助理，补了基层课，长了见识，交了一批好朋友，深受教益。

庆　　幸

　　赖恒辉同志在中央国家机关团工委挂职，由于工作关系加上志趣相投，我们时常交流。后来他回到广东揭阳工作，在重要岗位履新，来京少了，但我们偶尔通电话，虽久未谋面，仍觉温暖如初，相知如相见。我们这代人，谈起工作、生活、学习、社会，多有同感，庆幸今生。

　　庆幸遇上一个好时代。没有战乱，成长生活在一个和平时代，是多么幸运。我们能够安静、顺利地在学校完成学业，走出社会工作，平安、平淡、平和地活着。这个时代是我们国家发展的黄金期、战略机遇期，我们所幸见证和参与。科技发展日新月异，让我们拥有更多自由。高铁、微信、支付宝、网约车、网购等基础设施和高科技产品，以及新业态出现，让我们出行更便捷、生活更方便。过去，我从广东家乡到武汉上大学，要坐半天汽车、33个小时的绿皮火车，再乘 1 小时公交车才能到学校，现在从北京到广州，高铁 8 小时就可以到达，真是千里江陵一日还。

　　庆幸拥有一副好身体。身体健康，体魄强壮，没有病痛，体力、精力充沛，吃得饱睡得香。心中无忧，无牵无挂，心情愉悦，心态平和，思想活跃，思维敏捷，思路清楚。

庆幸拥有一个好家庭。父母健在，身体健康，尊老爱幼，相处愉快。夫妻和睦，同心同德，互敬互爱，同甘共苦，相濡以沫，白头偕老。儿女听话懂事，品学兼优，好学上进，自强自立。兄弟姐妹、亲戚亲人血脉相连、知心知己、互相尊重、共同进步。

庆幸拥有一份好工作。自己有一技之长，将谋生与谋乐结合起来，通过职业规划和发展，实现人生的价值、社会的价值，完善自身的人格修养，做到立志、立德、立功、立言、立己达人。

庆幸拥有一份好生活。以勤劳的双手，以聪明的大脑，创造殷实的物质财富和精神财富，让生活更美好，过上幸福的日子，享受生活带来的惬意和祥和。有自己的兴趣爱好，力所能及做些公益和善举，生活丰富多彩。

庆幸拥有一帮好朋友。纯真的友谊，坦诚的交情，仗义的情怀，是人生的宝贵财富。当你顺利时，一起分享成功的喜悦；当你失败时，有人安慰你；当你遇到困难时，有人来帮助你；当你迷惑迷途时，有人指点方向；当你得意忘形时，有人提醒敲打你。一起玩泥巴，一玩到大，一起活到老，这就是朋友。

我们很庆幸，我们更知足，我们更感恩。**祸莫大于不知足，咎莫大于欲得。故知足之足，常足矣。**

发 展 大 数 据

不出户，知天下。

王露、海鹏、卫东、晓红、仁彩、何鹏同志一起交流大数据，我深受启发。准确的信息情报是决策的基础。大数据是信息化发展进入新阶段的重要特征之一。构建以数据为关键要素的数字经济，加快建设数字中国，运用大数据提升国家治理现代化水平，服务经济社会发展和改善提高人民生活，意义十分重大。

善于获取数据、分析数据、运用数据，是领导者做好工作的基本功，必须要重视大数据，学习大数据，懂得大数据，用好大数据，把握好大数据的特点和规律，善于利用大数据这个思维和工具，创新性地推动工作。努力做到"四专"。

专人。设置专职的领导分管，安排专人负责大数据开发、管理、服务，建立一支专业化的队伍，形成组织体系和工作机制。

专门。成立大数据工作部门，明确权、责、利，定人、定编、定岗，在经费、物资、人力上给予支持保障。

专注。必须专心致志，聚精会神地干好大数据这件大事，不走神，不偏心，盯住不放，盯紧不松。

专业。提高专业化、科学化水平，达到一流国际专业标准。

科　博　会

　　中国北京国际科技产业博览会是科技界的一张名片，至今已成功举办20届。2018年5月20日，第21届北京国际科技产业博览会落下帷幕。

　　我过去在顺义区政府工作，对顺义科技创新充满信心和期待。科博会期间专门去了一趟展馆看看，在顺义展区看到，展品丰富、科技含量高，瞄准了北京市新版城市规划，体现了北京市建设全国科技创新中心工作中所承担的创新型产业集群与"2025"示范区主平台定位，展示最新科技成果，令人耳目一新。

　　科博会期间，北京市委书记蔡奇、市长陈吉宁等多位市领导，以及顺义区委书记高朋、区长孙军民等亲临展区参观，共接待参观群众1.5万多人，解答询问8 000余次。对接洽谈企业301家，对接了相关合作项目，积极宣传本区的产业优势和科技政策，吸引科技企业入区创业，引进科技成果到顺义转移转化，促进企业自主创新能力和科技成果转化能力持续提升。可以说这是一次成果丰硕的展会。

　　事业的背后必有人才，成功的背后必有道理。科博会时间虽短，可筹备时间不短，成果转化的任务更多。凡事从实际出发，从源头去寻找灵魂，就可把握当下，准备未来。这个灵魂就是我们事业出发的初心和工作的理念。为学日益，为道日损，损之又损，以至于无为。无为而无不为。能够以道为指引，就会达到无为而无不为的境界。

这次顺义参展成功，一条重要的经验就是坚持以科学创新的精神为指导，精心组织，认真实施，切实做到了"五新"：

搭建新平台。以科博会为契机，突出顺义"港城融合的国际航空中心核心区，创新引领的区域经济提升发展先行区，城乡协调的首都和谐宜居示范区"的功能定位。

展示新产业。推出国内第一辆纯电动跑车——前途K50。炫酷的造型，时尚的色彩，舒适的体验，让参观者驻足不前。

体验新融合。体现科技与文化融合的"流动美术馆——中国数字画院"，二十多幅美术作品，通过 3D 图形技术从平面转换成立体的三维影像，只要带上 VR 头盔，便仿佛置身画中。

推出新模式。正元地理信息有限责任公司创新智慧城市管控系统，采取一键式管理模式，通过一台电脑就能掌握整个城市的供排水系统、供电系统以及其他市政设施，如在线监测井盖实时状态，对丢失、位移、损坏等情况进行主动管理，服务社会民生。

助力新贡献。通过展示交流，提升顺义科技气质，展示科技产品成果，展现科技人才风采，宣传优质营商环境，广泛对接优质科技资源，促进高新技术企业发展，必将助推顺义区域经济提升发展做出积极贡献。

乡村人才振兴

实施乡村振兴战略是新时代中国重大战略之一。乡村振兴，首先是人才振兴。人民创造历史，人民推动社会进步，必须坚持以人民为中心的思想，以人为本，促进人的全面发展。**圣人无常心，以百姓心为心。**坚持以人民为中心，必须贴近百姓，了解百姓的所思所盼，了解基层农村的实际情况，从而找准工作的切入点。

结合贯彻中共中央办公厅《关于进一步激励广大干部新时代新担当新作为的意见》，以及北京市委关于实施乡村振兴战略的系列文件精神，按照"加强专业知识、专业能力培训，深入推进农村干部人才培养工程"的有关要求，顺义区委组织部、北京城市学院联合组织实施乡村振兴人才培养工程，举办杨镇村党支部书记培训班，杨镇26个村29名村党支部书记参加培训。

培训班是刘林校长提议的。之前，学校和杨镇党委召开座谈会，听取了部分村书记的意见，设计了"理论指导、典型案例、现场教学、政策解读、访谈研讨"五位一体的培训模式。此次培训创新方式方法，做到七个结合：

一、将培训与政策宣贯结合起来。请顺义区美丽乡村办公室李岩同志解读顺义区实施乡村振兴战略，推进美丽乡村建设的政策措施，引导各村党支部书记及时了解上级的政策走向和要点，结合村里实际抓好政策落地。请韩建新老师讲授新时代优秀党支部书记的标准，使学员明确方向和要求。

二、将培训与调查研究结合起来。围绕乡村振兴人才、产业、生态、乡风文明、组织等重点，设计访谈调研提纲，深入了解各村基本情况、历史沿革、资源禀赋、发展基础，认真听取书记们意见与建议，为下一步落实完善政策打好基础。

三、将培训与推动当前工作结合起来。安排学员到后沙峪实地考察铁匠营村理想公寓疏解整治促提升工作，参观泗上村棚户区改造项目，大家深受震撼，深受启发，请汪娟、陈琳老师分别讲授了农村基层党支部标准化建设、美丽乡村规划，为引导推进农村党建和村庄规划提供工作指导。

四、将培训与解决实际问题结合起来。根据村党支部书记培训期间反映的乡村振兴需求和困难，学校组织博士服务团、专家教授团队进行认真梳理研究，提出指导意见，加强社会服务，实现精准帮扶、科学振兴。

五、将培训与严格学员管理结合起来。选派青年教师组建项目工作组，推选了班长和小组组长。建立班级微信工作群，每天课前签到，按桌签入座。为每名学员建立档案，学员登记表、结业证书编号留存，并作为跟踪考核培养。推选学员代表谈收获体会、讲思路打算，激发比学赶超的学习氛围。

六、将培训与村帮村结对共建结合起来。邀请密云区张泉村党支部第一书记季景书，门头沟水峪嘴村党支部书记胡凤才给大家面对面介绍经验，组织学员实地考察顺义石家营村、三家店村、柳庄户村、吴雄寺村，从乡村规划、民俗旅游、产业发展、村务公开不同角度，远学近悟，取长补短，结对共建。

七、将培训与国情教育结合起来。组织50名大学生，以志愿者的身份，一对一、面对面地向村支书请教，了解村支部书记的事业追求、奋斗故事和心路历程，体会基层干部的甜酸苦辣，直接感受农村的实际、农业的辛劳、农民的朴实，增强投身中国梦社会实践的责任感，增进与农民群众的感情。

此期培训结束后，学员们希望，继续举办产业带头人班和乡土文化能人班，从政治、经济、社会、文化等角度涵盖农村干部人才群体。大家建议，在杨镇试点的基础上，总结工作经验，推动实施顺义区乡村振兴人才培养"百千万"工程，即利用三年的时间（2018—2020），面向全区369个村，培养1 000名左右村党支部书记、村委会主任和农村后备干部，培养10 000名左右农村产业致富带头人、返乡创业创新青年、乡土文化能人，通过专业学习、技能培训、学历教育、人才认定等多种途径，大规模培养农村基层人才，为顺义区实施乡村振兴战略提供组织人才保障。

农村，是我们精神的家园；乡土，是我们灵魂的归宿。

从大处着眼，从小处入手，一点一滴做起，一件一件实事来，一年接着一年干，乡村就有希望，振兴就有前景，战略就能实现。

振兴之路，是奋斗之路，必然充满艰难险阻。以善、信为双轮，虽千辛万苦，吾往矣。

善者吾善之，不善者吾亦善之，德善；信者吾信之，不信者吾亦信之，德信。

智　　库

经过专家认真评估论证，北京城市学院成为北京市工商联 13 家参政议政智库基地之一，基地成立和授牌仪式在北京歌华大厦举行，我代表学校前往参加活动和领牌，燕瑛主席给大家授了基地牌匾，王报换副主席部署工作提出要求。这意味着服务首都工商界人士、企业家的首批新型智库建立了，寄托了各界专家、企业、人士的厚望。

建设好智库基地，首先要明确智库的功能定位，发挥好三个平台的作用。

研究平台。要围绕国家重大战略、北京市委市政府中心工作、经济发展形势、民营企业高质量发展、工商联建设发展、精准扶贫和民营企业履行社会责任等重大理论和实践问题，以课题为主要形式，每年聚焦 1～2 个问题，开展前瞻性、对策性研究，揭示规律，分析趋势，做出判断，提出对策。

交流平台。通过举办论坛、讲座、研讨会等多种方式，搭建智库与政府、社会、企业、科研院所、高校交流平台。围绕研讨主题，开展情况交流、经验分享、思想交锋，使基地成为新信息、新思想、新观点的汇集地。

服务平台。智库积极地为政府服务，参与政府政策制定、战略规划、规划编制、项目论证等，提出意见建议，供政府决策参考。主动为企业服务，根据企业需求，开展企业战略研究、品牌策划、企业文化、管理创新、产品研发、项目论证等，提供咨询服务和技术指导。热情为社会服务，针对社会民生发展的热点、难点、痛点问题，深入实际独立研究，科学发声，推动社会文明进步。

一个优秀的智库基地，应体现在三个方面。

出思想。智库能够创造和产生新思想，提出真知灼见，引导社会思潮，引领时代发展，推动社会进步。

出成果。智库产生一批理论成果和实践成果，推动理论创新，促进新制度、新政策、新举措出台，做到理论联系实际，将论文写在大地上。

出人才。智库既凝聚一批知名的专家学者、科学家、企业家，又以基地为摇篮，培养造就一大批青年学者、优秀企业家。这些人能够成为国家脊梁，成为时代精英，以强烈的历史责任感和社会担当精神，真正能为民族复兴、国家发展、社会进步、人民幸福**出生入死**、创新创业、奋斗不息。

人　生　观

人来到这个世界，以怎样的态度和方式过好这一生，才不至于枉然浪费，这是每个人有生以来经常思考的问题。

小时候，我记得是十岁左右，不知从哪里看到或听到"人生"这个词，经常挂在嘴边，一副少年老成、饱经沧桑的样子，惹得大人们哈哈大笑。

人生观是生命的柱子，是我们安身立命的大树，不论是阳光雨露，还是风吹雨打，始终坚强挺拔，昂首向上，节节生长。

人生观的形成，既有先天的顿悟，又有后天的渐修；既是对生命的觉醒，又是对生活的认识；既是对个体有限的深刻省察，又是对群体的历史理解。总之，离不开"道、德、物、势"的要义：

道生之。这个道就是心中的信念，有了坚定的信念，就会信心百倍，就会充满力量。信念如同前方的灯塔，指引我们不懈奋斗。顺利时，灯在远方，警醒不要骄傲，人生的路还很长。挫折时，灯在上方，给予我们温暖和光明，天不会塌下来，人生的低潮也是人生的起点，翻越艰难的大山，前面就是大路。这个道，就是使命、责任和担当。人来到世上，需要完成一生的使命，或者说，为了使命来到这个世上，这样的人生才有意义。因为使命的召唤，我们就有了责任，就能勇挑重担，敢于担当，再苦再难，也要咬紧牙关，砥砺前行。

德畜之。厚德载物。人生观需要道德去哺育，如同树木需要泥土一样。这个德，就是善良，与人为善，帮人助人，以己及人，推己及人；就是真诚，真是不假，诚是唯一，实实在在地做人做事，诚心诚意地待人处世；就是勤力奋斗，不懒惰，不荒嬉，靠勤劳的双手去创造美好未来，靠勤快的双腿去追逐梦想；就是爱与宽容，爱这个世界，爱我们的生活，爱我们拥有的一切，爱我们遇上的人和事，学会宽恕和包容，做到心胸如海，海纳百川；就是美的追求，追求美好生活，追求尽善尽美的境界，以美的标准做好工作、创造生活，以美的眼光发现身边的美丽、美好、美妙，让人生处处充满趣味。德的构建非一日之功，是一生的必修课，是每天的功课，需日日用功，一生不辍。德的厚重坚固非一厢情愿，而是在与不道德的欲念、语言、行为作斗争才得以持久，必须懂得戒、节、舍、止。

物形之。人生是精神的，我们的理想、意识、思维、思想、情感、情绪，组成丰富多彩的精神世界。人生又是物质的，物质决定意识，物质是第一位的，丰富的精神世界必须以丰富的物质作为基础。人，首先是物质的，在不同的生命阶段，有不同的人生想法，对人生的感受会有些不同，尤其经历生活的磨炼，对人生意义的理解更加深切，人生观从而进一步坚定。人生的厚重体现在创造出丰富的物质成果和精神成果。人生是多彩多样的，如同五颜六色的物质世界；人生的道路是多种多样的，只要正念正行，处处有路，行行出状元，样样都精彩。

势成之。时势造英雄，时代就人生。伟大的人生往往是拥有远大的眼光，看得早，看得远，看得深，看到未来，看到趋势，在别人没有察觉到的时候，他能看到；在事物正处于微小、萌芽状态时候，他能看到大潮流、大方向。伟大的人生是抓住机遇的人生，看到要做到才能得到，认清形势，正确判断，下定决心，就要立即行动起来，将计划付诸实践，提前谋划布局，迅速打开局面。伟大的人生往往是适者生存的人生，一个人的成长、成就离不开所处的大时代，更离不开他所处的小环境，包括从事的岗位、行业、领域，以及周围的人和事。善于适应生存环境，营造良好的发展环境，做到天时地利人和，我们就离成功不远了。

凡事先想想后果

世上没有无缘无故的爱，也没有无缘无故的恨；世上没有无缘无故的得，也没有无缘无故的失。因果与因缘，造就大千世界和人生百态。临事以敬，心存戒尺，以敬畏之心待人处事，走好人生的每一段、每一步。

事出有因。有果必有因，有因必有果。我们看到的事物，总有一个由来，总会有一个缘由。**天下有始，以为天下母。既得其母，以知其子；既知其子，复守其母，没身不殆。**我们通过观察现象，追根溯源，找到事物的"因"，即是抓住了事物的根本，从而进一步认识到事物的本质和运动变化规律。同样，我们牢牢把握住这个根本，本立而道生，前进就不会迷失方向，行动就不会出现偏差。

节制欲望。欲望与生俱来，欲望永无止境。欲望似水，可以滋润心田，但欲望过多过满，将成为滔天大祸；欲望如火，可以点燃奋斗的火把，但欲望过头过界，将引火自焚。欲望往往过犹不及，每个人心里都有欲望，在理智的笼锁里，欲望是一只可爱的小猫。在失去理性的环境里，欲望是一只凶猛的老虎，不可不惊，不可不察。节制欲望，既要靠智慧，创造没有使欲望成为老虎的环境，更要修炼养成清心寡欲的心境。**塞其兑，闭其门，终身不勤；开其兑，济其事，终身不救。**牢牢守住欲念之门，我们的思想和行为就不会脱缰失控。

见小曰明。事物总在悄悄地发生着、变化着、发展着。要在细微之处，看到趋势未来，做到未雨绸缪。要在成功得意之时，看到危险正在靠近，做到居安思危。要在平常日常之处，看到无常和不寻常，好事抓住机遇，坏事早做准备。要在具体实在的事物之中，省察内心欲望，做到内心光明，心无挂碍。真正达到**见小曰明，守柔曰强。用其光，复归其明；无遗身殃，是以习常**的境地。

行 于 大 道

自小以来，父母就教育我一定要行正道，走大路，堂堂正正做人，实实在在做事。

我一直牢记在心，无论读书求学，还是工作事业，无论是对家人亲人，还是对同学朋友，始终秉承勤奋、努力、真诚，尽心尽力，不违良心，不投机取巧，不坑蒙拐骗，不说假话。

作为一名普通老百姓，一名常人凡人，我常感知识欠缺，智慧不足，还有许多缺点毛病，但坚守做人做事的底线，在大是大非面前保持清醒头脑，也就能坦然心安。

行大道，可能失去许多风景，但有朋友相伴，也就不会觉得孤单，一步一个脚印，日子平淡也平实。行大道，可能没有小路近，没有捷径快，但起码方向不会错，靠勤劳的汗水浇出来的果实是甘甜的，通过努力奋斗取得的成绩是当之无愧的。

大道甚夷，而民好径。人性的弱点就是想如何来得快，来得省心，来得省力。于是，走捷径导致走上邪路有之，走巧径从而葬身于欲海有之。古往今来，形形色色，飞蛾扑火，可叹可悲。

冼　太　夫　人

　　冼太夫人又称谯国夫人，是南朝梁代至隋初年间，岭南地区百越领袖。她一生经历梁、陈、隋三代，是中国古代一位杰出的政治活动家、英明的军事指挥家、卓著的社会活动家和深孚众望的爱国主义者。她的爱国忧民事迹，被《北史》《隋书》立传，传颂后世。周恩来总理誉之为"中国巾帼英雄第一人"。后人为了纪念她的丰功伟业，高风亮节，在广东、海南、东南亚等地建造了很多庙宇，其中茂名地区就超过 200 座。

　　冼太夫人传承下来的是好心精神。城市因为历史而厚重，城市因为文化而焕发魅力。2018 年 7 月 20 日，"魅力中国城·茂名市 2018 年（北京）投资推介会"在北京会议中心举行。许志晖、李勇等同志出席。崔剑同志主持推介会，央视经济频道《魅力中国城》制片人唐琳做了推介发言，崔爽、李多民、孙波、陈尧同志分别就旅游、产业及园区、城市运营、博贺新港区发展建设进行宣传介绍。华侨城集团、中国恒天集团、益海嘉里集团、北京东方园林、中国能源工程集团、同济堂投资控股有限公司等代表做了发言，中国建筑集团、绿地集团、东方园林、益海嘉里、中信正业、国葆集团、保利、万科、中国航空规划研究总院等知名企业与市政府签署合作协议，一批重点项目将投资落户。

许志晖同志代表市委、市政府向到场嘉宾表示欢迎和感谢。他从冼太夫人"好心精神"谈起，介绍了茂名这座传承千年好心文化的好心之城、山海之城、港口之城、石油工业之城、生态之城，新时代将立足特色优势、融入重大战略、聚集外部资源，打造政策红利、平台红利、区位红利，发挥好投资要素成本较低、投资性价比较高、消费市场潜力巨大、创新创业环境优越的优势，将茂名魅力之城建成一座活力之城、潜力之城、适居之城、幸福之城、美丽之城。

我应邀参加此次活动，现场聆听了许志晖同志的报告，以及其他领导的推介，观看了城市宣传片，深感振奋，充满信心。既为当地党政干部团结一心，群策群力担当作为，为城市发展努力拼搏的干劲斗志而加油点赞，又对冼太夫人的好心精神有进一步的理解。

好心就是天地良心。为政者干事创业，要敬畏天地，对得起良心。真正秉公用权，为国担当，为民谋利。我们的一言一行，一事一策，要经得起天地审察，经得起时间考验，经得起实践证明，经得起人民群众的评议，经得起良心的拷问。

好心就是积德行善。德高才具，艺高胆大，积善之家必有余庆。以至德至善为标准，放下欲望和偏执，做到视野宽阔、胸怀宽广、为人宽厚，才能见心明性、澄怀观道、德光普照。**修之于身，其德乃真；修之于家，其德乃余；修之于乡，其德乃长；修之于国，其德乃丰；修之于**

天下，其德乃普。以己及人，以身及家，好心济天下。

好心就是造福一方。为官一任，造福一方。千百年以来，冼太夫人被世代称颂，好心精神源远流长，就是冼太夫人为国家、社会和当地老百姓做了许许多多的好事，建立了一座历史丰碑，人们永远怀念她的好心，永远纪念她的德性。

故以身观身，以家观家，以乡观乡，以国观国，以天下观天下。善建者不拔，善抱者不脱，子孙以祭祀不辍。

好心将有好报，好人一生平安。

好心茂名，祝福茂名。

和　为　贵

有幸向宋跃征、邢志宏、王文杰、黄侃、陈进林同志请教陶瓷艺术文化，深感中国陶瓷文化博大精深、源远流长，陶瓷制作先从练泥、拉坯、印坯、利坯、晒坯，再到刻花、施釉、烧窑、彩绘全流程，无不体现中华"和"文化思想。

知和曰常，知常曰明。

修身，做到心平气和。**含德之厚，比于赤子。**心平眼就平，气和人就亲。坚持上进心和平常心的统一，得而不喜，失而不忧，荣辱不惊。待人真诚，对上对下一个样，人前人后一个样。临事以敬，难事不躲，急事不慌，好事不骄，坏事不怕。

持家，懂得家和万事兴。家是温暖的港湾，家是爱的海洋。家庭幸福，祖国长春。好的家风如沐春风，生机习习，吉祥如意。

创业，离不开天时地利人和。有了人就有了智慧和力量。重视人、尊重人、团结人，充分调动人的积极性、主动性和创造性，事业将无往而不胜。

困难时，要和衷共济。人在旅途，总会遇到许多难题。越是艰难困苦，越要团结一致，互相帮助，齐心协力渡过难关。等到重见天日，昨天的苦难，已成为今日的财富，成为走向成功的垫脚石。

知　　者

知者不言，言者不知。

人非生而知之，而是学而知之，行而知之，省而知之。一生之中，我们对生命和世界的认识，经历了从无知到有知的过程，完成了从言到不言的成长修炼。

少年时代的不言，是因为不懂；成年以后的不言，是因为不合时宜。少年时代的言，是血气方刚，天不怕地不怕，有什么说什么，如小溪泉水叮当响；成年以后的言，是想好才说，该说的说，不该说的不说，如大海，深沉又浑厚。

俗话说：文以载道，言以表意。语言文字的内涵、表征和有限，难以体现思想的深刻、广度和无限。我们的周围还有许多未知世界，需要不断去探索、认知和验证。我们的思想还有许多未解领域，除了语言、文字，还需要用心去感悟，用力去体察，才能抓住本质，找到本来。所以，我们要读懂书外之理，听明弦外之音。

智者乐水，仁者乐山。在山水人事之间，寻找生命的真谛，发现人生的价值。

正 奇 无 事

以正治国。治理一个国家、管理一个单位、经营一个企业，领导者必须正大光明、公道正派、正义凛然、大公无私，必须树立正气、正风、正能量，形成积极向上的用人导向和公平公正的社会风气，让坏人不敢胡作非为，让小人无立足之地，让歪风邪气成不了气候，让权力在阳光下运行。领导班子时刻牢记责任与担当，艰苦奋斗，奋发进取，靠实绩取信于民。

以奇用兵。干事创业，既要方向正确，又要方法对头。讲究策略办法，注意灵活变化，才能将工作做好，把事办成。要从实际出发，加强实际调查，将事情搞清楚、摸明白，掌握第一手资料，做到知彼知己，心中有数。要开动脑筋，集思广益，研究具体措施，加强可行性论证，形成切合实际的行动方案，做到胸有成竹，坚定信心。要及时部署，早准备、早安排，做好人员、物资、组织等各方面的准备。要抓住有利时机，迅速行动，勇往直前，不怕苦、不怕难，战而胜之。要善于总结转化成果，打一仗，长一智，在工作实践中加深规律性认识，构建长效机制，从胜利走向新的胜利。

以无事取天下。无事不是不作为，而是不要乱作为。坚持以人民为中心，坚持依法、科学、民主决策，让我们的工作经得起时间、实践和人民的检验。要尊重历史，在前人的劳动成果上，继往开来，一茬接着一茬干。要尊重历史经验，在实践中形成的正反经验，是工作中宝贵的精神财富，要以史为鉴，励精图治，不犯同样的错误。要尊重制度规则，坚持依法治国与以德治国的统一，靠制度去管人管事，强化制度建设，形成人人敬畏制度、遵守制度的社会风尚。要尊重人民群众的主体地位，充分调动人的积极性、主动性和创造性，善于推广运用基层的好经验、好做法，切实做到从群众中来，到群众中去，一切依靠群众，一切为了群众。

祸　与　福

祸兮福之所倚，福兮祸之所伏。

这句话我小时候就记得，年少无知，只知其字，不知其意。现在到了不惑之年，历经世事，才深切体会祸福相倚、顺逆相随、业果相连的道理。近日，京城热浪滚滚，不慎中暑，发热头昏，手脚乏力，动弹不得，躺在床上，百般难受。

病了，才知健康之好。而病，又往往是在好时不注意，不知不觉造成的。如同一个人所遇上的厄运，往往是在春风得意时、得意忘形时、趾高气扬时、忘乎所以时埋下的祸根。所以，越是顺利时、胜利时，越是离危险最近的时候，越是即将衰败的时刻，务必心存敬畏，如履薄冰，警钟长鸣，未雨绸缪，谦虚谨慎，戒骄戒躁，留有余地。否则，祸就在眼前，兵败如山倒，如病来如人倒一样，悔之莫及。

病了，痛定思痛，醒悟过来，振作起来，又是好事。大难不死、必有后福也是这个道理。在病痛中认识健康养生，在苦难中认清人生社会，从而进一步客观地认清自己、认清社会、认清未来，找到适合自己的人生之路，走好今后人生之路。病痛、挫折、失败是人生途中的"棒喝"，觉醒过来，我们前方的路就会越走越宽，越走越远。

成功、得意、名利是人生途中的"刀蜜"，既诱人又危险，如能慎之辨之，不忘初心，牢记祸福相倚之理，就会喜乐平安，顺心顺利。

懂祸福，知进退，以上进心追逐梦想，以平常心对待结果，不妄求，不贪念，不怨天，不尤人，自力更生，自求多福。坦坦荡荡做人，勤勤力力做事，努力做到**方而不割，廉而不刿，直而不肆，光而不耀**。

爱 惜 精 神

治人事天，莫若啬。

人的精力、体力有限，要爱之、惜之、养之，合理用之。而我，常常既不养护精神，又盲目劳费精神。对日常生活中的一些行为和陋习，反省起来，深感羞愧。

饮食。过去在大机关工作，早上在食堂用早餐、午餐，基本能定时定顿。近年工作地点变化，为赶地铁追公交，早餐常草草了事，甚至不吃早餐。有时暴饮暴食，喜欢吃的饭菜拼命吃，不喜欢的饭菜，不想动筷子。晚上散步回来，还吃一顿夜宵，加重胃消化负担。

睡眠。经常晚上磨磨叽叽到十一、十二点才睡，入睡较为困难，有时下半夜还醒来一两次。总体感觉，睡眠时间不足，睡眠质量不佳。往往第二天无精打采，做事有心无力。近来，强迫自己必须十一点之前睡，睡前用热水泡个脚，状况略有改善。

运动。以前有强烈的运动爱好，篮球、乒乓球、羽毛球等球类运动自小就喜欢，多年来乐此不疲，每天不去球场打球，就感觉浑身发僵、手心发痒。入年后，运动兴趣骤然锐减，运动意识大幅减弱，转向散步、走路，转几圈下来，运动量不够，出不了汗，效果不明显。看来，运动，还要尽快捡起来。

心情。个人心情总体上，基本上都能做到心平气和，得而不喜，失而不忧，大事不怕，小事算了。但偶尔遇上"三观"不同的人、事、物，却容易发怒、愤怒。从中也反映出自己知识、阅历、智慧的欠缺，对人情世故、人生百态尚未练达融通，在知识上未能理解它，在办法上未能解决它。

走进大自然。天人合一，人是自然的一员。与天地为伍，才知宇宙之大，人之渺小，滚滚红尘，沧海一粟。与自然共生，才知世间万物丰富多彩，天然灵性，花开花落，花鸟不惊。我从小生活在田间地头，喜欢大自然，向往大自然，敬畏大自然。入城后，春夏秋冬依在，却少了田园欢笑、乡土气息。偶尔到公园里转一转，但再闻不到淳朴自然的泥土香了。久而久之，人也变得懒了起来，美其名曰"宅男"，实际是"瘫汉"。

思考。过去，为写一个文件，或领导讲话，可以半天不吃不喝，全神贯注，不写出来不收手，语不惊人死不休。现在，常感肚子空空的，说不想事吧，可一直在想；说想事吧，费大劲也理不出头绪来，时光就在半昏半晕中溜走了。有时，也反问自己，为何出现这种糟糕的状态，原因之一就是脑子倒不空，老有思想残渣。

娱乐。一动一静谓之道，休息好才能工作好。业余爱好、兴趣特长、文体活动是我们学习、生活的另一个世界，是我们人生奋斗的加油站。我从小生活在耕读世家，对农耕文明、农村文化、农民文艺耳濡目染，统哥弹琴、昆哥唱戏、桂芬姐织衣、兰姐播字幕等，不知不觉埋下文艺的种子。大学时，曾担任系里文艺部部长，学过半年唱歌，练过吉他，参加过校园十大歌手比赛，都半途而废、无一成型。至今才懂得，学一样东西，再苦再难，也要学会它。如同骑单车，学会了，多少年不骑，再骑也会，可见突破才能拥有。不懂娱乐，不会快乐，我们就会失去许多欢乐、许多趣味。学会娱乐，让身心得到放松休息，就是为了积蓄更多的能量和力量。切身体会到，培养 1～2 项健康向上的爱好和特长，对丰富人生十分重要。

交往。人作为动物，既是个体，也是群体。融入一个群体，与人交往交流，可以学习，也可以师表，互相尊重，取长补短，共同提高，实现生命的组织归属和人生的价值。我一直认为，读万卷书，行万里路，还要交万个朋友，将人当书读。交朋会友，离不开志趣相投，少不了烟、酒、茶。烟，能坚决做到不抽，茶做到适可而止，可酒有时未能做到不喝或少喝，加上酒量有限，结果伤心、伤神、伤体，不可不戒。

读书。书籍是人类进步的阶梯，是社会文明的结晶。我一直爱读书、勤读书。年轻时，贪快求全，一年读一筐书，结果囫囵吞枣，不求甚解。后来，效仿毛泽东同志的读书方法，先精后博，以经典为师，几年读一类书，一年读一本书，反复读，来回读，学习消化批判读，结合思想、工作实际读，边读边想，边读边记，慢慢才读懂了几本书。经子通，方读史，这是《三字经》中教人的读书方法，目前还停留在"经子"阶段，历史是知识宝库、智慧之源，希望尽快补上这一课。

　　手机。手机给学习、生活、工作带来许多便利、便捷，打破时间、空间限制，以往许多费劲劳神的事情，现在都可以通过手机搞定，可谓一机在手，一点即通。事物总是对立统一而存在，在享受手机好处时，现在花在手机上的时间越来越多，以致离不开了，没找到手机，丢了手机，人就会像丢了魂一样。我也如此，每天看微信、回微信，浏览朋友圈、新闻等，花费大把时间，感觉得了一种"手机病"，该治了。

知 与 行

　　人来到这个世上，就是一次认识世界、改变世界、让世界更美好的生命旅途。宇宙无限，求知如同我们头顶上的天空，令人神往。历史有痕，实践如同我们行走的大地，永不停歇。从少年到老年，我们在天与地之间谱写人生之歌。

　　知了，做一个有理想的现实主义者。首先要知己。自知者明，自胜者强。正确认识自己的长短处，考虑自己想成为怎样的一个人，能否成为这样的一个人，自己想做什么，适合做什么。其次要知彼。全面了解面临的客观形势，做事的条件环境是否具备。在知己知彼的基础上，从实际出发，树立个人的理想和追求，让梦想根植于现实的土壤上生根发芽，开花结果。

　　明了，做一个明白人。明白天文地理，通晓人情世故，洞察事物道理，靠知识、靠经验、靠悟性、靠慧根。有的人，一点就通，不说也明白；有的人，一辈子糊里糊涂，至死不明。明了首先要明方向，明确目标在哪里，前进的方向在哪里，边界和底线在哪里，我们到底要的是什么。其次要明方法，明确我们的策略和办法是什么，如何才能实现目标，过河的桥和船在哪里，路径和步骤在哪里，等等。

断了，做一个意志坚强的人。人生的目标一旦确定，就要以钢铁般的意志去实现它，切实做到坚定做什么，坚决不做什么。选择意味着放弃，只有放弃最不愿放弃的东西，才能得到最想得到的东西。放弃是从思想到灵魂再到行动的彻底决断。断了，就要挡得住诱惑，面对五光十色的事物，不起念，不动心。断了，更要耐得住寂寞，对不属于分内的事情，不沾、不近、不为。

行之，做一个勤奋之人。天道酬勤，一分耕耘，一分收获。只有十年如一日的执着坚持，才能一点一点接近成功。搞清楚、想明白之后，要积极行动起来，一件事一件事去完成，一个项目一个项目去推进。当然行动要行之有效，从实际出发，按规律办事，务求取得实效。干事创业需要信心、智慧、勇气和意志。奋斗常面临艰难险阻，不如意十有八九。**治大国，若烹小鲜**。临事以敬，战略上要举重若轻，坚定必胜的信心。战术上要举轻若重，采取灵活有效的策略，战而胜之。

乐之，做一个乐观主义者。人生有苦也有甜，以微笑对待生活，以积极向上的态度追逐梦想，以乐观的心境对待人生中的一切遭遇，以从容淡泊的心胸看待一切名利得失，真正做到拿得起、放得下、看得开，开开心心做好每一件事，开开心心过好每一天。乐人，就是爱人；乐事，就是敬事；乐物，就是惜物。我们要用一双慧眼去发现周围事物的趣味，让生活处处充满笑声。

善之，做一个大善之人。**大学之道，在明明德，在亲民，在止于至善**。自觉加强自身品格修养，朝着大真、大爱、大诚、大智、大勇方向努力。心底无私天地宽。心地善良，外在光明，立己达人，兼善天下。以个人的微薄之力，为社会做出应有贡献。善既是品质，又是能力。善学者尽其理，善行者究其难。我们要善作善成，内圣外王。

秋　之　美

时光飞逝，一转眼到了秋天。一年之计在于春，一年之美在于秋。

秋天是丰收的日子。南方的水稻熟了，北方的苹果熟了，田间地头一派收获的景象。机关和企事业单位也开始总结盘点一年来的工作，计划下年的打算安排，楼上楼下到处是忙碌的身影。从 2018 年开始，国家设立中国农民丰收节，农民终于有了自己的节日，这体现国家对"三农"事业的高度重视，对劳动的切实尊重，对农耕文明的发扬光大。中国农民丰收节是中国人民的节日，也是世界人民的节日。人类从原始社会到农业社会再到现代社会，农业是源泉，是基础。农民丰收节日里，在品尝丰收果实的同时，让我们牢记过去，不忘历史，进一步懂得眼前的一米一粟都来之不易，进一步懂得付出才有收获，进一步懂得感恩和敬畏。

秋天是最美的季节。天高云淡，秋高气爽，一切慢慢静寂下来，不禁想起马致远的《天净沙·秋思》：

枯藤老树昏鸦，小桥流水人家，古道西风瘦马，夕阳西下，断肠人在天涯。

1993 年夏天，我离开家乡到武汉上大学，每年的 9、10 月，狮子山脚下，桂花飘香。课后黄昏，我喜欢绕着狮子山，沿着南湖边跑一圈。这时夕阳西下，山上层林尽染，天上的白云、山顶的红叶、脚边的湖水与挥汗奔跑的小伙子，构成一幅美丽的图画。我跑一段回头看一段，不同的路段，看到不同的景色，大自然的鬼斧神工令人陶醉。毕业后到北京工作，头些年，常与朋友相约每年秋天去香山看红叶。我们从早上出发，为了那片红叶，从山底一股子劲爬到山顶，也不觉累，年轻真好。后来工作忙起来，主要是人也懒起来，爬山少了，喜欢就地就近看北京城里的银杏树。银杏为秋而生，因秋而美。叶子从绿到黄，从萌芽到结果，看到银杏叶转黄，就知道秋天来了。农业展览馆的银杏树，鸟儿喜欢叽叽喳喳，显得生机勃勃。雍和宫的银杏路，高大挺拔，矗立两旁，如一尊尊佛像，秋风拂过，飘下一片片叶子，落在行人的头上，轻轻的，软软的，犹如佛主的摸顶和慈悲，感到**大者宜为下**的亲切。地坛公园的银杏林，集中连片，繁枝叶茂，秋风起，地上开始积了一层又一层的银杏叶，大人弯腰在叶堆里找白果，小孩捧起叶子扬在空中玩耍，银杏树林成为市民欢乐的场所。

秋天是团聚的日子。中秋佳节，花好月圆。每逢佳节倍思亲，海上生明月，天涯共此时。古往今来，文人墨客写满中秋的贺词，写透人生的离愁。犹如苏轼的这首《水调歌头》：

丙辰中秋，欢饮达旦，大醉，作此篇，兼怀子由。明月几时有，把酒问青天。不知天上宫阙，今夕是何年。我欲乘风归去，又恐琼楼玉宇，高处不胜寒。起舞弄清影，何似在人间。转朱阁，低绮户，照无眠。不应有恨，何事长向别时圆？人有悲欢离合，月有阴晴圆缺，此事古难全。但愿人长久，千里共婵娟。

中秋时节，我每次读到此词，均有不同的感受。年轻时喜欢"明月几时有，把酒问青天"的豪情壮志，工作后困惑"高处不胜寒"的社会现实，人到中年才晓得"人有悲欢离合，月有阴晴圆缺"的道理。天道如此，人道又如何？团圆意味着别离，别离期盼下一次的团聚。对家人和亲朋好友来说，无论欢聚还是离别，都是节日；对一个人来说，一生的顺境逆境、好运厄运、悲欢离合，都是财富。

一年四季，春夏秋冬，犹如人的一生。春播、夏长、秋收、冬藏，恰如人的少年、青年、壮年、老年。岁月轮回，常亦无常。天地之大，人渺小如一片叶子，转眼黄花，随风飘去，要敬天畏地，安身立命；滚滚红尘，人生如歌，悲欢离合，阴晴圆缺，都要经历，都需面对，都能过去，要珍惜、珍重、珍爱。

一年四季，心中有爱，时时有温暖；一路走来，心中有秋，处处是美景。

博 士 服 务 团

美言可以市尊，美行可以加人。

博士作为高层次的专业人才，应树立正确的世界观、人生观、价值观，在建设新时代的生动实践之中，坚持学以致用、用以所长，发挥人才优势和专业特长，立言、立德、立功，谱写人生新篇章。

以前在部委工作期间，被组织选派，我曾经有三次机会参加中组部、团中央的博士服务团活动，分别计划派往广西、湖北、云南挂职锻炼，从事农业领域技术服务。由于工作繁忙，任务繁重，未能脱身参加，当时觉得十分遗憾。现在到了高校工作，在领导支持下，决心把大学博士服务团组建起来，发挥博士的人才优势、专业特长和团队作用，将博士服务团作为高校服务社会、推动区域经济发展的重要抓手。

想干事、多干事不难，干好一件事、干成一件事却不容易。调查研究和顶层设计是做好工作的基础。近来一直在调研思考如何将博士服务团成立起来，更好地发挥作用，日有所思，夜有所梦，有时夜里，还想起来，偶尔灵感一现，赶紧翻身记下来。

·博士服务团作为科技服务人才聚集平台，发挥好人才库、思想库的作用，承接当地政府的委托任务和服务需求，推动产教融合、协同创新。

·博士个人申请，所在单位组织把关推荐，秘书处审核，成为博士团成员。成员填写登记表和承诺书。

·聘请外部博士、博士后、博士生导师加入进来。

·创办博士论坛，一年举办一届。建立博士讲坛，每月举办一次。组织博士沙龙，不定期开展。

·建立博士服务点（站），联系一批基层单位、机关、企业、事业单位、镇街村，开展博士服务基层行动。

·通过社会实践、调查研究、课题研究、技术服务、政策咨询、专题培训、挂职锻炼等方式，开展社会服务。

·制定服务团工作规则，明确其意义定位、工作职责、成员权利义务等。

·成立服务团管理服务机构，组建秘书处和相关学术社团，专人专职专岗。

·设立博士人才基金，支持服务团开展工作，完善相关激励措施。

·建立博士人才库，采取学校指派、学部推荐、个人自荐相结合的方式。

·编发《博士建议》简报，将博士调研成果、学术成果、论坛讲坛转化为工作建议，提供决策参考。

·创办博导公众号，推出人物专访、建言献策、活动开展情况等内容，提高影响力。

·建立三个"人才池"。一是博士服务团专家咨询委员会，请部委、外部的专家、博士、教授参加。二是博士人才库，以学校和属地的博士为主体。三是学术社团，以学校研究生和本科生为主体。

　　·加强管理服务，对博士团成员实行聘期制，动态管理，有进有出。

　　·加强育人，实行"1＋1"行动，即一名博士服务团成员指导一名研究生或本科生。开展调查研究，指导创新创业。

　　·创新工作方式，推行工作项目化管理、平台化服务、活动化组织。

校 企 合 作

九月一日，新生开学第一天，北京城市学院与北汽集团在顺义举行了隆重的校企合作战略框架协议签约仪式，学校、顺义区、北汽集团领导为合作基地揭牌。这标志着双方在顺义区委、区政府的大力支持下，校企合作进入实质性的操作阶段。这是 2 个多月来，项目组团队辛勤劳动取得的硕果，必将为顺义区经济社会发展、汽车产业做强做大做出新的贡献。

天下难事，必作于易。校企合作难，难就难在双方作为不同的利益主体，利益诉求各不相同。企业追求利润，重视提高以人才和产品为核心的市场竞争力，当然也注重社会责任。高校主要职责是人才培养、科学研究、社会服务、文化传承和国际交往，招生和就业是重点。大学之大，除了环境优美大气的校园，更重要的是有一批大师和一批优秀的学生、校友。破解合作难，就是要以人才培养、科研开发、师资交流、平台共建为主攻方向寻找合作点，找准切入点，从而促进优势互补、合作共赢，实现校企合作两头甜。

天下大事，必作于细。校企双方签订了框架协议，明确了合作方向和重点。接下来，要根据协议内容进一步细化和实化，转化为具体的操作性强的项目，明确任务分工、责任人、时间期限，列出项目清单，一个一个地抓好落实，确保协议落地生根。小项目实施好了，就会为大项目创造基础和条件，为今后更大范围、更高层次的合作提供经验和路径，从而不断提高合作的质量和水平。

轻诺必寡信，多易必多难。 双方签订协议，意味着合作的承诺，一诺千金，说到就要做到。落实协议过程中，可能会遇到一些新问题、新情况，碰到一些新困难、新挑战，只要双方本着理解信任、精诚合作、坦诚沟通的原则和态度，我们就一定能攻坚克难，携手共进，共创美好的未来。

如 何 抓 工 作

有一次，我参加霍光峰同志主持的财税工作座谈会，各部门汇报了近期的财政、税收、投资等情况和工作打算，光峰同志听完之后，提了三点要求，概括起来就是财税工作要抓早、抓小、抓到底，千方百计增加税源收入，为全区经济发展提供有力保障。我们听了领导的讲话，感觉站位高、思路清、方向明，这既是工作要求，又是方式指导。对怎样抓好工作，又有了进一步的思考和认识：

抓早。**其安易持，其未兆易谋。其脆易破，其微易散。为之于未有，治之于未乱。** 作为领导者，要有较强的洞察力和预见力，从微弱的表象、迹象中，看到事物发展的趋势，可能出现的情况和局面，提前制订预案和应对措施。特别重要的是，当事物向好、向有利的方向发展时，要及时引导、支持，帮助其顺利、健康发展。当事物出现不利、不妙的苗头时，要及时采取措施，将隐患消灭在萌芽状态之中，将矛盾化解在基层。

抓小。**合抱之木，生于毫末；九层之台，起于累土；千里之行，始于足下。** 本着求真务实的态度，从小事做起，从近处开始，从易处突破，一点一点地积累，一项一项工作推进，一个一个时间节点完成，一个环节一个环节做好，一步一个脚印，积极稳妥地朝着目标前进。小事中

有大道理，小事做好了才能做大事。只要坚持不懈，一天
做一件小事，一月完成一件要事，一年一定干成一件大
事，一生终成有意义的事。

抓到底。**民之从事，常于几成而败之。慎终如始，则
无败事。**事情往往不是一开始就失败的，而是在将要成功
时失败的，什么原因？一个主要原因就是将要成功时，或
者形势十分有利时，容易放松甚至放纵自己，麻痹大意，
骄傲自满，失去警惕和敬畏，以致犯错误，从而走向失
败。所以说，胜利往往在最后五分钟，越成功越危险，越
是顺利越要小心。人生路长，不忘初心，方能始终。

大　　顺

　　顺义，被老百姓称为顺心顺意、有情有义的地方。**大顺**，民之所向。

　　今年以来，我在顺义工作时间较多，经常坐"顺"字头的公交车往返于各个工作点。过去坐公交车较少，在北京城里人多，挤不上去，乘地铁比较便捷些。郊区地铁网点少，人也不多，坐公交是老百姓出行的主要方式。顺义大公交车，感觉大气顺心。骏马集团门钰霖先生介绍说，公交事业是民生工程、民心工程，必须把安全和服务放在第一位，强化政府大局意识和社会责任感，严格加强管理，提高服务质量和水平，让老百姓乘车放心、坐车安心、下车舒心。

　　我十分赞同门先生的话。群众利益无小事。涉及公共利益、大多老百姓生活的事，小事就是大事。民有所呼，我有所应。社会的评价、群众的口碑就是政府和企业的标准。我坐 55 路、28 路公交车较多些，他们做到了：

　　准时。发车、停站、到站几乎都守时，由于公交车准时，乘客心中有数，安排、计算好出行时间，显得从容不迫。有一次下着大雨，我晚上 8 点半从杨镇出发，司机准时发车，尽管车里只有几个人。

　　有序。每个公交站台都划分了各路公交车上车站，安排一名专门的交通协管员指挥上下车，维护交通秩序，提醒大家注意安全，乘客有礼貌地依次上下车，忙而不乱，在较短时间内完成，总体效率很高。

热情。公交司机热情地与上下车的乘客打招呼，提醒前上后下，及时刷卡，语气平和尊重。遇到没带卡的人，设了专门的票箱。如有老人、小孩、孕妇上车，司机招呼大家让座，马上有乘客主动让座。

干净。车里设了专门垃圾桶、垃圾袋，还有拖把，椅子和地板是清洁卫生的，垃圾桶杂物少，可见对车内环境有严格的要求。车窗是明亮的，能够清晰地看到车外的风景，乘客也不觉得车内光线暗淡。

安全。每辆公交车配备一名安全员，都是年轻的小伙子，着装普通随意，坐在不显眼的位置，与车上乘客一样，但眼神时刻关注车里的每个人、每个角落，随时预防处置可能出现的紧急情况。老百姓知道车里有安全员，坐车比以前放心多了。

公交出行是一个永恒的课题，提高公共服务水平，实现城市精细化管理永远在路上。目前，我们国家的公交出行与老百姓的要求，与发达国家的水平还有较大差距。例如，在公交站台设置显示屏，提示各路车出发、到达时间，利用手机 App，准确快速查找公交车到达、出发时间和拥挤程度，等等，这些需要不断改进提高，让政府放心，让老百姓满意。

让 利 于 民

黄志森、黄垚先生在京创业，闯出一片天地，从建筑行业起步，到投资农业养殖、文化创意、进出口贸易，产业链条不断延伸，事业发展势头很好，我们为之祝贺！当谈及创业体会时，他们说一个企业发展壮大起来很不容易，最重要一条是股东要让利于员工，将企业利益与员工的利益紧密结合起来。这样，员工才把企业当成家，同心协力为企业奋斗。

管理一个企业如此，领导一个单位同理。**江海所以能为百谷王者，以其善下之，故能为百谷王**。只有把群众放在心上，群众才把领导放在心上，真心实意为群众谋利益，将群众的利益放在首位，才能得到群众的支持和拥护。

以人民为中心，让利于民，不能只停留在口头上，而是要发自内心尊重群众，拜人民为师，在重大利益关头，处处以人民为重，靠实际行动去取信于民，做到**欲上民，必以言下之；欲先民，必以身后之**。

以其不争，故天下莫能与之争。当不与民争利，让利于民，自然就会得到大家的支持，事业局面自然就会形成。

怀 念 奶 奶

　　今天是农历七月十五中元节，晚上我从海淀坐车到顺义，沿路见到一些市民烧纸追思先人，我不禁想起天堂里的奶奶。我和我的兄弟姐妹从小在奶奶的关爱呵护下长大，父母一大早就外出工作了，一般到傍晚才回来，白天是奶奶带着我们，晚上有时还是奶奶哄睡。我的爷爷去世早，奶奶与我们一起生活十几年。记忆中我读到大学三年级，奶奶去世的，家里人为不影响我的学业，没有告诉我，我是过年回家才知道的，甚是悲伤。听母亲说，奶奶走时很平静安详，像睡着一样，村里老人说，这是福报的迹象。

　　奶奶一生操劳，年轻时受了不少苦，勤俭持家，对父亲、母亲关心、操心，对我们孙辈更加慈爱。我记得，小学放学回来，经常见到奶奶在家门口眺望马路，等候我们回家，如果晚回来，奶奶就在门口来回走，心焦不已，念叨说怎么还不回家。夏天，晚上我们在家门口睡凉席，奶奶就在旁边扇扇子赶蚊子，直到大家入睡。冬天，中午太阳暖和，我们偎依在奶奶身边听她讲故事、猜谜语，听她讲以前经历的往事、家事和神话故事。全家对奶奶十分孝敬，晚餐时，父母先请奶奶坐好，打好饭，夹好菜放在她的碗里，奶奶舍不得吃，经常夹到我们的碗里，我们小不懂事也就吃了。奶奶喜欢吃馍馍，父亲赶集回来，偶尔会买一些回来给她吃。奶奶还爱吃瓜子，我们小孩经常给她剥好一小堆，然后给她吃，奶奶十分高兴，这时会拿出几角钱回赏我们去买糖吃。

　　奶奶和蔼可亲，对人真诚、善良、谦让。自小至大，我从未见过奶奶生气，没见过奶奶与邻居等发生过争执或吵过架，奶奶对人对事总是那么平和宽厚。奶奶对我们要求十分严格，小时候贪玩，奶奶时常叮嘱我们按时上学，在学校要听老师的话，团结同学，好好读书，将来能出人头地。反复叮咛在外要注意安全，远离坏人、恶人，多与品质好、学习好的人交朋友。奶奶一生俭朴，几件衣服缝缝补补，亲人逢年过节给她买的新衣服，她都舍不得穿。我还清楚地记得，奶奶经常说，年轻人要勤力做工，不要好吃懒做，再好吃的东西，吞过喉咙也是三寸粪，而力气花去又回来。

　　奶奶一生**慈、俭、不敢为天下先**的宝贵品德，是我一生的财富，深受教育，永远怀念奶奶！祝愿天堂上的奶奶一切安好，开心幸福！

跨 境 电 商

邹乐先生创建棒谷电商，事业一年一个台阶，发展势头迅猛，产品出口到世界一百多个国家，深受海外客户和消费者的欢迎。偶然机会我与邹先生见过三次面，深谈三回，觉得邹先生真诚朴实，是一位思想型的青年企业家，有一套独特的经营管理办法，在企业管理和市场竞争中达到**善为士者不武，善战者不怒，善胜敌者不与，善用人者为之下**的境界。

战略眼光。邹先生原是一名优秀的飞行员，飞过几十个国家，长期在市场前沿，提早、敏锐地发现电商的世界潮流趋势，看到人们从实体店到网店消费方式的变化，较早地接触到跨境电商这个领域，专心致志地比较研究，判断和预见行业未来的巨大潜力，做了许多市场试验、实验和准备，为事业发展打下良好的基础。

坚毅勇气。从看到到做到，需要勇气和决心。有了前期的事业准备和成效，邹先生毅然放弃百万年薪的飞行员待遇，投身电商开始创业。一个人，当他把人生价值和事业情怀融为一体时，勇气便会油然而生，内心产生强大的力量，转化为勇猛精进、奋发图强的不懈动力。

渊博学识。邹先生高考时数学和英语考了双满分，我好奇地问他如何做到的。他说，花了很多时间和力气分析题目结构，将历年考卷的考点罗列出来，并且将这些考点用逻辑的办法制作成图表，推演各个考点的组合变化，从而找出出题的规律和答案的要点，记住它，练习它，应用它，考试时就会了。后来，邹先生用这些思维去读书研习，研究历史、文化、天文、地理，都有独特的新角度、新观点、新发现，其乐无穷。

方法科学。我向邹先生请教飞机的安全性问题，他详细系统地讲了飞机起飞、巡航、着陆的流程和技术操作要领，从大数据和概率角度证明飞机的安全性能，令人信服。如同开飞机要熟悉飞行流程手册，邹先生平时将主要精力用在研究完善企业管理流程方面，运用先进的供应链管理理念，管人、管事、管物。同时注重员工培训和一线实践，让每位员工对流程内化于心、外化于行，做到环节清楚、细节到位，让员工的能力和潜力得到充分发挥。

心 存 敬 畏

一日，与年轻人谈心，交流怎样做人做事，以敬畏之心去学习、工作、生活，树立正确的人生观，更好地健康成长，不负青春年华。**祸莫大于轻敌**，如果一个人对人不真诚老实，对事不认真负责，松松垮垮，漫不经心，随心所欲，混混日子，岁月似流水，一年一晃就过去了，到头来将一事无成。

做到敬。一是坚定信仰。树立人生的目标，风吹雨打也百折不挠，深信不疑。让信仰成为人生使命的召唤，激发自身潜力和才能，觉醒觉悟，虔诚纯洁。二是认真负责。再大的事，都要干起来，再难的事，都要扛上来，再小的事，都要做出来，切实做到大事做实，难事不怕，小事不忘。

做到畏。一是坚守底线。牢牢把住法律、道德、人生底线，坚决不做违法乱纪的事，不犯历史性、根本性、战略性错误，不犯同样的错误。一个人，踏破底线，就是十字架，坠入深渊，必遭惩罚和报应。三思而行，凡事要先想到后果。二是不逾界线。天有春夏秋冬，地有海洋陆地，人有权利义务，事有分寸利害。不可不讲规矩，不能不守规则、胡作乱为。要找准位置，找对空间，清醒认识到能做什么，不能做什么，做到什么程度，将权利与责任统一起来，不过界，不踩线。

逻　　辑

　　廖鸿程先生从事法律事务工作，年轻有为，勇于开拓，在运用互联网工具与法律援助领域有许多创新，受到业界的好评。我们交流过几次，廖先生思维严谨，**言有宗，事有君**，展现出较强的逻辑素养，这也是一位出色律师的基本功。

　　上大学时，我曾考过两次全国律师资格考试，可惜都没通过。第一次是 1995 年读大二时，差 48 分；第二次是 1996 年读大三时，差 8 分。尽管没有考上律师，但通过 2 年的法律学习，学到一些法律知识，还增进一些逻辑训练，总之是有收获的。

　　工作之后，我主要负责文稿起草，脑子里的法律逻辑却没有很好地应用到实际工作去，起初写的文稿经常受到领导的批评，一改再改才过了关。总结起来，一条重要原因就是稿子逻辑性不强。为此，我发奋自学逻辑，系统地读一些逻辑方面的书籍，包括逻辑哲学等，慢慢才有了感觉，进一步懂得条理的重要性，加深对概念、推理、判断、演绎、归纳、三段论、小前提、大前提等知识的理解，并应用到学习、生活、工作中去，努力做到大道至简，逻辑分明。

知　不　知

海上生明月，天涯共此时。

中秋佳节将至，海内外华人心系祖国、心归故土的情感油然而生。归侨、华侨、侨眷是重要的爱国主义力量，侨务工作是一项政策性很强的工作。

近两年，我有幸参与国家和北京的一些侨领活动。这方面工作领域，我过去接触很少，业务知识和经验不足，关于待人接物、外事交流等问题，我经常请教耿朝东同志，他耐心、细心、热心地给我介绍、解释和指教，让我受益良多。按他的指导去组织和参加侨领交流活动，既能把握好分寸，又能建立友谊，吸引越来越多的侨商归国创业创新，带回新理念、新技术、新资本、新人才。

朝东同志也咨询我一些区域经济、科技、文化、社会问题，我尽己所能详细解答，如没有把握的情况，我了解清楚之后再告知他，或者请他与相关部门同志具体对接。在与朝东同志的交流之中，我们跨越了知与不知的鸿沟，互补知识，沟通思想，形成共识，心情十分愉快。

知不知，上；不知知，病。清醒认识到自身的不足和短处，谦虚请教，自觉改进，努力学习实践，一定会进德修业，不断进步。

闽　京　蒲

　　许国宝先生是闽京蒲企业园负责人。为积极推进大众创业、万众创新活动，顺义区政府筹建一批创业示范基地，我组织专家去园区调研。与许先生深入交流后，我了解到他以前从事国际贸易工作，近年来顺应首都产业转型升级，创建了闽京蒲企业园，加强基础设施建设，提高服务质量和水平，目前已吸引上百家企业入驻，一些企业如康仁堂药业发展势头迅猛，成为纳税大户，为区域经济发展做出积极贡献。

　　创业难，闯出一番事业更难。曾国藩说，大事业背后一定有大格局。许先生是福建人，来京创业创出新天地，除了闽南人勤劳、刻苦、忍耐、负重、团结、拼搏的共性之外，还有优秀企业家身上的特质：

　　自知不自见，做到知道自身的能力本事，但不自我表现，逞强逞勇，始终谦逊、低调、务实、厚重。

　　自爱不自贵，做到追求工作卓越和生活品质，却不自显高贵，一丝一缕，当思来之不易，始终淡泊、随和、平常、从容。

　　自重不自己，做到尊重自己，尊重他人，不居高临下，盛气凌人，不固执己见，故步自封，始终推己及人，将心比心，爱人惜才。

善 作 善 成

天之道，不争而善胜，不言而善应，不召而自来，繟然而善谋。一个人，无论在什么岗位、在什么地方，想问题、做工作，只要遵守自然规律、科学规律、社会规律、历史规律，用心、用情、用力，注重方式方法，就会干一件成一件，积小成大，日久见功。

罗振宇同志在京部委挂职，是一位思想活跃、处事沉稳、积极向上的青年才俊。我们平时偶有交流，谈工作、谈学习、谈时事，常有新思路、新见解。罗先生挂职完成之后，转岗到清远政府部门工作，抓教育、抓红茶产业、抓文化宣传、抓特色小镇创建，等等，干得有声有色，为当地经济社会发展和老百姓做了许多实事，将青春年华投入到基层实践中，展现才华能力，实现自我价值。

2014 年夏天，我到清远参加团中央创新创业全国大赛活动，会间与振宇同志交流，从下午一直聊到夜里，请教基层工作方法做法，如何做好群众工作，如何心怀全局又能脚踏实地，很受启发。结合自身经历从中也体会到，通过挂职锻炼、选派任职等方式，让机关干部走下去，基层干部干上来，打通机关与基层干部交流渠道，将政策制定与基层实际结合起来，对于干部成长和推动工作都有积极的作用。

人才是第一资源，靠人做事，靠事成人。善作，就是面对工作任务要搞清楚、想明白、做出来。善成，就是推进一项工作，要见到实效，既要有实践成果，又要有思想成果，转化为人才成长、制度安排、机制建立和良好风气，为今后事业发展打下基础。

阿　火

　　阿火全名叫黄阿火，我小时候小名叫阿派，见到阿火名字，自然亲切共鸣。

　　阿火曾挂职中央国家机关工委，任青联副秘书长，我们在共青团和青联活动中认识。如他名字一样，阿火工作起来风风火火，雷厉风行，充满激情。这对多年在部委工作已习惯按部就班、慢条慢理的我来说，这种工作风格很值得学习。因此，我们有许多共同的话题，工作中结下深厚友谊。

　　与阿火交流较多的是关于勇气和胆识。年轻时，我们经常有许多思想火花和想法点子，可是一想到事情这么远、这么难，就放下和放弃了。有时觉得，勇气比智慧更重要，有没有胆量推开那一扇门，有没有勇气迈出第一脚。阿火挂职之后回到福州大学工作，经组织选派到厦门区县挂职锻炼。有一次，我在福州见到阿火，老朋友见面，甚是高兴，仍是勇气的话题，还有幸见到国际举重冠军石智勇先生。谈及面对大赛，勇气来之何方，阿火和智勇会心一笑，说勇气来自祖国、家人，来自平时扎实的训练，更来自内心，那一刹的爆发力，如光似电，是信心、决心和意志的力量。

　　勇气，是生命的超越，**民不畏死，奈何以死惧之。**

贵　生

贵生。"生命诚可贵，爱情价更高，若为自由故，两者皆可抛。"这是人们熟知传诵的诗句。生命是人生的起点，奋斗从认识生命、珍惜生命开始。林宜生先生是优秀青年企业家，年轻有为，出差到北京，我们茶叙讨论"生"的问题。

认识生命。生命具有有限性与无限性。个体上，生物有生命周期，人到七十古来稀，活到一百岁不多，二百岁不可能。总体上，人类通过生殖、繁衍，传宗接代，血脉相连，源远流长。此外一个生命的结束，又是一个新生命的诞生，通过有机、无机转化，生命形成循环往复的生物链、生态链。如动物死亡之后，转化为有机物质、矿物质，又是植物的土壤肥料，养育新的生命。生命具有广泛性与特殊性。万物皆有生命，人、动物、植物、石头，等等，只不过不同种类生命的表现形式、活动方式不同而已。不同种类的生命有其独特的活动规律和生产周期，寿命有长有短，出现的时间有前有后，有的会说话，有的不会说话。例如，语言是人类的功能，声音是牛、羊、狗、猫、鸟的特征，而树木、石头却沉默不语，可它们都能以自身独特的方式进行能量和物质交流。生命具有可知性和未知性。在我们有限的知识和认识范围内，有的生命是可知的，通过科学技术和仪器设备，可以发现、还原生命的过程，创造新的生命。但在不可知的范围内，生命仍然是一个谜，如谁创造了生命仍不得而知。进化论与神论争论不休，地球之外是否存在其他生命？灵魂是否存在？这些问题，人类和科学家仍在探索。

热爱生命。首先爱己。人生百年，光阴宝贵，要珍惜分分秒秒，让每一天、每一月、每一年过得有意义。身体好，才有力气去想事、做事；身体不好，常生病，生大病，天天往医院跑，大部分时间睡在病床上，天大的本领又有何用呢？心情好，才有精神去待人接物，以愉悦、坦然、平和、积极、善良的心态去学习、生活和工作，而不是整天愁眉苦脸，心事重重，积郁成病。其次仁人。待人如待己，将心比心，就会换得他人的尊重。你怎样对待别人，别人就怎样对待你，你把别人放在心上，别人就会把你放在心上，你对生活报以微笑，生活就会报你以微笑。要有平等心，去掉傲慢与偏见。要有慈悲心，宽容宽厚，帮人助人，以德报怨。最后是及物。对待动物、植物，惜其灵性，悟其善心，一声一鸣皆是友谊，一草一木都有情感。对待其他物体，敬其德性，爱其良心，无言无声，放光发热，自在自能，厚德载物。

生生不息。生之伟大，就是我们在有限的生命里，能为国家、社会、人民、家人、朋友付出自己的所有，做出应有的贡献，实现人生的价值。在历史长河里，我们是匆匆过客，在浩瀚的宇宙中，我们是一颗流星。高尚的生命，如一根蜡烛，燃烧自己，照亮别人。

金　龟　人

　　顺德金顺龟鳖合作社理事长黄庆昌先生带领何兆潮、谭伟潮、温志光、冯志华、区梓豪、郑锐成、林志刚、潘锦纯、李志江、李广源、何焯文、唐永恒、苏沛权、杨光环、朱瑞华、杨珊珊、钟康权、黄伟标、张开顺、梁洁静、何耀强等合作社领导一行到北京、天津、河北考察。在京期间，大家参观了人民大会堂、天安门、恭王府、中国樽、蒙古大营，一起探讨龟鳖文化传承与发扬，促进区域经济发展和农户增收致富，兴致勃勃，开心开怀。

　　我于 2014 年春天到过顺德蹲点调研，就产业转型升级、一二三产业融合发展与当地干部、群众和企业家进行座谈交流。黄庆昌先生说，广东正在进行经济结构调整，腾笼换鸟给顺德发展带来良好机遇。顺德过去是鱼米之乡，后来发展工业、服务业取得辉煌成绩，较早成为全国经济百强县。现在土地等资源越来越稀缺，劳动力成本上升，环保评估严格，制造业发展面临瓶颈制约。产业升级方向必须向高端服务业发展，走产业融合之路，找准适合顺德实际又适应今后趋势的新兴产业。他的发言给与会专家留下深刻印象。行胜于言，随后黄庆昌先生和一帮企业家投资养龟，建龟池，育龟苗，搞节庆，天时地利人和，事业蓬勃发展，许多养龟者前来取经，成为名副其实的

"金龟人"。

想做一件事不难，做成一件事却不容易。短短几年，黄庆昌先生和他的朋友将龟产业做大做强，做出社会信誉，靠的就是岭南人敢闯敢拼的那股子劲。**人之生也柔弱，其死也坚强。**我的理解，身体生命是柔弱的，但奋斗的精气神是坚强的。干事创业，需要一种情怀，瞄准一个目标方向，好之乐之，为之奋斗，孜孜不倦；需要一个组织，大家志同道合，同心同德，同心协力，同甘共苦，战胜困难，走向未来；需要一个带头人和一批骨干，立足大家利益诉求和事业发展需要，当好模范先锋，勤勉敬业，克己奉公，带领全体成员谋发展，解难题，办实事。

仁者寿，龟如人。

厢　寺　湖

　　任伟志同志在陕西省周至县上兵村蹲点扶贫，帮助农户发展猕猴桃产业，不辞辛苦，全身心投在工作上，与村干部和农民同吃、同住、同劳动，半年多都没有回家。

　　我听了他的故事十分感动，一直想找机会去看看他。刚好到西安出差，中午从咸阳机场出发，为赶时间没顾上吃中饭，就冒雨前往上兵村。走了两个多小时的路程，到了上兵村，在伟志同志简陋的办公室兼卧室座谈交流，知悉该村以种植猕猴桃所得为主要收入，面临品种改良、保鲜加工、技术升级和价格较低的困难，伟志同志驻村以后，深入调研，了解实际，利用自身资源条件，积极联系对接外部市场，线上线下相结合，帮助老百姓拓宽销售渠道，千方百计让果农丰产丰收。听了这些情况和做法，我请他好好总结，将工作实践上升到经验模式，为全省扶贫工作提供基层案例借鉴。

　　伟志同志的好朋友王彦峰说，小康目标是全体老百姓的共同心愿，现在陕西还有一些县经济欠发达，有的村、户收入低，有的老百姓生活还是艰苦的。党和政府历来重视扶贫攻坚，特别是近年来选派优秀干部下沉到村里开展精准帮扶和产业扶贫，让扶贫工作更具有针对性和实效性，让老百姓得到实惠。

王彦峰同志讲起他在洛川建设厢寺湖园区，促进当地农业与历史文化、旅游相结合，一二三产业融合，发展带动农户就业增收致富的路子，厢寺湖交通便利、自然条件好，是天然氧吧，还种植了几百亩的黑豆、苹果等作物，都是纯天然有机食品，客人可吃、可住、可游。目前，每年已有几十万客人来湖区休闲、观光、游玩和体验农耕文化。他给我们看了一些厢寺湖照片，见到是蓝天白云，青山绿水，湖光十色，安静怡然，景色优美。他说下一步园区将继续植入一些红色文化景观，将洛川深厚的革命历史传统和精神挖掘出来，打造一个具有陕北特色国家级的现代产业园区，让后人受益、受用、受教育，为当地老百姓早日脱贫致富尽一份力。

如同厢寺湖的水，**天之道，损有余而补不足**，扶贫既需要国家之力、社会之力和全民之力，更需要一代又一代人的不懈努力，不搞政绩工程和面子工程，真正做到**为而不恃，功成而不处**，全心全意为人民服务。

创　业　派

　　大众创业、万众创新，是当下中国发展的新动能、新浪潮。

　　近年来，我有幸参与国务院"双创"文件的起草，组织开展农业部、团中央、人社部"农村青年创业致富行动"，参与制订北京市顺义区创业摇篮计划和1亿元的创业支持政策，协助建立了10个创业示范园区。在此过程中，我十分关注青年创业，曾经向团中央书记处书记徐晓同志建议，成立全国青年创业协会，坚持公益性、广泛性、专业性的原则，实现资源共享，协同创新、共促创业。

　　在团中央的领导下，经过认真的酝酿和精心组织，2017年9月18日，中国青年创业联盟在陕西西安成立了，可喜可贺！团中央书记处第一书记贺军科、书记处常务书记汪鸿雁、陕西省委副书记毛万春等领导出席相关活动。俞敏洪、朱啸虎、葛伟平、吴友建、毛大庆、高裕弟先生被推选为中国青年创业联盟主席，杨松、裴桓、许华平同志被推选为中国青年创业联盟秘书长，我当选为中国青年创业联盟中国青年创业导师团副秘书长。联盟具有以下几个特点：

　　1. 定位。联盟以"育人"为核心，以服务青年创新创业为宗旨，通过资源整合、工作融合、力量聚合，广泛联络创业青年和各类创业要素，致力于打造线上活跃、互动频繁、资源共享、联系紧密的青年创业人才社群和共青团服务青年创新创业的枢纽型组织。

2. 机构。联盟设联席主席若干名，由联席主席与秘书长共同组成主席办公会议，负责联盟重大事项的决策。秘书处负责联盟相关制度建立，日常工作运转，指导和组织开展服务活动等。秘书长由团中央青年发展部、中国青年创业就业基金会、中国青年企业家协会主要负责同志担任。

3. 成员。联盟由个人会员和团体会员组成，下设中国青年创业导师团、中国青年创业投资人俱乐部、中国青年创业园区联席会、中国青年创业孵化器协作会和中国青年创业者联盟。团体会员由各省级青年创业联盟组成。计划至 2018 年底，建成 1 000 人左右的导师团、300 位投资人、200 个创业园区和社区、200 个孵化器和加速器。

4. 活动。线上依托"创青春"中国青年创新创业云平台，开展常态化的互动交流、政策咨询、线上教育、资源对接、项目孵化、投融资等服务活动。线下依托中国青年创新创业大赛、中国青年创新创业展示交流会、国际创新创业博览会、人才训练营和各地方、各机构举办的线下活动，为联盟成员提供创业服务。

天下莫柔弱于水，而攻坚强者莫之能胜。祝愿联盟兴旺发达，让中国有志青年，创业成就梦想，创新引领未来。

创　新　人

天道无亲，常与善人。

我应团中央邀请，前往西安，担任第四届中国青年创新创业大赛全国赛评委。前三届活动我都参加了，2016年在湖北孝感，除了当评委，还给创业训练营的学员们讲课。通过连续几年的赛事活动，"创青春"成为全国"双创"的品牌，以大赛为平台，实现了发现项目、发现人才、发现团队、创投对接、营造氛围、树立榜样的目标。"创青春"为千千万万的创业者提供脱颖而出的机会，使许多创业青年找到方向、资金、市场，从此改变命运，实现人生的价值。

此次在陕西举办，团中央青年发展部领导给评委们开会部署，严格制订评分标准和程序要求，确保公平、公正、公开。

组委会委派我担任商工组初创组评委召集人，组内评委有温州瓷爵士科技股份有限公司董事长卢成堆、哈尔滨奥松机器人科技股份有限公司董事长兼总经理于欣龙、壹盐双创总经理欧阳华骏、上海祥达股权投资基金管理有限公司总监戴超亮、西安北大科技园青创基地常务副总经理宋琪、黄石磁湖汇众创空间董事长邹群慧，评审的项目有34个，涉及节能环保、互联网、汽车新能源、医药开发、数据模拟等多个领域，具有较强的创新性。我们在认真研究各个项目资料的基础上，根据项目市场及竞争情况、商业模式、运营状况、融资方案与回报、展板资料、团队风采、现场答辩的评分指标，采取现场打分的方式，逐一评审，整整花了大半天时间。

经过初赛、半决赛、决赛，商工组初创组获得金奖的是斯坦德机器人、抗辐射功率器件，获得银奖的是速凝棉、利用液体活检进行早期肿瘤筛查、高效斯特林发动机的研发与制造、影创 AR 智能眼镜、航天热解生活垃圾资源化、思迈德早期肺癌筛查云平台，获得铜奖的是燃气轮机性能在线监控和健康诊断、高性能环保钛电池、CZT 多能谱光子计数器、好姑姑社区幼托中心、医疗机器人、高精度轻量型工业机器人、智能多自由度搅拌摩擦焊与绿色钎焊成套技术及装备、宽带自组网传输系统、复杂产品协同设计系统技术、智能物流电动自行车。

美 丽 乡 村

美丽乡村是农民的美好家园，是市民向往的大自然乐园，是乡土文明、农耕文化传承发扬的载体。

甘其食，美其服，安其居，乐其俗。邻村相望，鸡犬之声相闻的乡村生活是一幅安适、宁静、祥和的画卷，令人神往。

我出生在农村，自小生活、学习、劳动在乡村，泥土的芬芳，农民的淳朴，农业的辛劳，农村的清新，始终是我一生的记忆，梦中的精神家园，常常给我信心和力量。

当我遇到挫折时，不禁想起小时候在地里干农活挥汗如雨的日子，当下这点苦和累又算什么？当我顺利前行时，面对鲜花、笑脸和掌声，不禁又想起自己一路是怎样走过来的，想起那个光脚小孩坐在门口面对夕阳发呆的日子，提醒自己不忘初心，保持清醒的头脑，始终做到戒骄戒躁，谦虚谨慎，自省自强。

一路走来，时刻记得农民的辛苦。现在农村还有许多人生活艰难，我们一定要做到推己及人，将帮人、助人、成就人作为社会责任，将建设美丽乡村、造福农民群众作为人生的使命之一。

活 在 世 上

　　人之一生，既短又长。短的是生命是有限的，长的是生命是有意义的。以怎样的准则才能让生命有意义呢？

　　信言。**信言不美，美言不信**。以诚待人，以信交人，讲真话，讲实话，说到做到。虚心待人，虚怀若谷，不固执，不己见，虚心听取别人的意见，听得进去刺耳的意见，有则改之，无则加勉，言者无罪，闻之足戒。

　　善行。**善者不辩，辩者不善**。从心念开始，积善行善，拥有强烈的同情心、慈善心、公益心，用爱的眼光看世界，处处是阳光。以实际行动践行善的信念，尽己之能力，一点一滴地从小事做起，让善的雨露滋润万物。

　　真知。**知者不博，博者不知**。学习知识，学到智慧，实现从知识论者向方法论者的转变。求知、求识、求法，看见、看清、看透。做一个有真才实学的人，立德、立言、立功，服务大众，经世济民。做一个内敛淳朴的人，稳重、厚重、器重，不显山露水，不显摆张扬，低调做人做事，无愧于天地人心。

引 智 帮 扶

2017年8月4日，北京市委书记蔡奇到密云山区，就帮扶低收入户增收问题进行调研，提出抓就业、抓产业、抓救助、抓环境的要求。北京城市学院是2017年北京市教委、农工委确定的八所"引智帮扶"工程试点示范高校之一，学校与顺义区加强密切协作，积极推进帮扶工作。

9月20日，北京城市学院帮扶顺义低收入村签约仪式在顺义校区会议中心举行。会上，北京城市学院与顺义区农委、杨镇、南彩镇签订了"引智帮扶"低收入村协议，与杨镇、南彩镇签订了共同帮扶低收入村协议，与杨镇荆坨村、下营村和南彩镇小营村签订了产业帮扶协议。

我在会上汇报了北京城市学院今年以来"引智帮扶"的工作情况，并结合工作实践，谈了三点思考：一是帮扶项目化。将帮扶工作转化成一个一个具体项目，形成有效的工作抓手，有目标、有计划、有考核，看得见、摸得着。与此同时，充分发挥专家优势，使项目设计科学，可操作性强。二是发展产业化。按照国家产业扶贫的要求，通过项目实施，促进产业的发展，以产业带就业，将解决目前收入困难与长远增收致富结合越来，同时普及科学文化知识，促进扶贫与扶智的统一，提高产业造血功能。三是工作机制化。建立多方联动、多点发力的机制，充分发挥政府政策支持、高校智力人才支持、属地镇服务保障、低收入村自力更生的功能作用，形成合力，持久推进。

校党委书记、校长刘林指出，北京城市学院作为都市型、应用型大学，始终致力于服务区域经济社会发展，始终将精准帮扶低收入村、低收入户作为学校发挥社会服务职能的重要抓手。学校将以此次签约仪式为契机，进一步发挥专家、智力资源优势和专业特长，与区、镇、村将各项帮扶任务具体化、项目化，确保可操作性。将按照市教工委、区委区政府有关要求，积极与区有关部门、镇村对接，抓实抓细帮扶项目，将增加农民收入、改善村容村貌、提升村民素质作为检验帮扶成效的重要标准。

于庆丰同志对北京城市学院开展的扎实细致的帮扶工作及成效，以及学校主动融入顺义发展给予了充分肯定，他希望通过此次签约，学校以帮扶工作为平台，围绕区域特色优势，在顺义都市农业发展研究、美丽乡村规划建设、特色小城镇建设、农产品品牌、体验式农业项目开发、冷链物流建设等方面贡献更多智慧和力量。顺义区委区政府将在专项配套政策和项目资金等方面提供支持保障，确保协议顺利实施，将精准帮扶落到实处。

圣人不积，既以为人己愈有，既以与人己愈多。天之道，利而不害；圣人之道，为而不争。一个国家、一个社会、一个单位、一个家庭、一个人，在创造财富、积累财富的同时，更应注重公平利他，向强者学习，与弱者同心。

图书在版编目（CIP）数据

将经典融入生活 / 蔡派著；—北京：中国农业出
版社，2019.10
ISBN 978-7-109-25961-4

Ⅰ. ①将… Ⅱ. ①蔡… Ⅲ. ①随笔－作品集－中国－
当代 Ⅳ. ①I267.1

中国版本图书馆 CIP 数据核字（2019）第 206284 号

中国农业出版社出版
地址：北京市朝阳区麦子店街 18 号楼
邮编：100125
责任编辑：贾 彬 文字编辑：唐赛男 贾 彬
版式设计：王 晨 责任校对：吴丽婷
印刷：中农印务有限公司
版次：2019 年 10 月第 1 版
印次：2019 年 10 月北京第 1 次印刷
发行：新华书店北京发行所
开本：880mm×1230mm 1/32
印张：11
字数：200 千字
定价：75.00 元
